오늘에 지친 그대에게

오태화 에세이

삶 속에 상처받은 이들에게 상생의 가치를

작가 오태화의 기별은 언제나 반갑다.

전화 한 통, 그 짧은 대화에서 한 움큼 온정을 느껴본 사람은 내가 작가 오태화의 무엇을 강조해서 말하고자 하는지 바로 알아차리리라 믿는다. 또한 선하게 흘러가는 온기를 경험한 사람으로도 생각된다.

추천사를 부탁하는 오 작가의 전화에 자기장 속 이끌림처럼 글을 허락했지만, 그 이유는 어쩜 선명했고 그래서 거부할 수 없었다.

겸허하게 하고, 배움이 있게 한다. 제자 태화는 나를.

오래전 태화의 스승이었지만 어느 순간 태화의 마음 씀과 세상을 품는 시선은 스승인 나를 겸손하게 제자로부터 배움이 있게 하는 선한 영향력의 주체가 되어 있었다. 그건 작가 오태화의 순전한 생각의 결, 올곧은 삶의 가치와 태도가 분명하게 말해줄 것이다.

작가 오태화의 첫 번째 책인 《그래도 살아볼 가치는 있잖아》에서 느꼈던 시골집 아랫목 구들장의 넉넉한 '정적(靜的) 포근함'이 이번 책에서는 그 깊이와 따뜻함이 더해져 대기의 '동적(動的) 온기'까지 느끼게 하고 있다.

작가는 말하고 있다. 결코 혼자가 아님을.

삶 속에 상처받은 이들에게 상생의 가치를 말하고 있다. 서걱거림의 울음을, 막막한 세상살이를, 떠나보냄의 차가움을 '피의 빛을 지니고' 세상을 보는 작가의 찬찬한 시선으로 헤아려 보고, 머뭇거리거나 물러서지 않고, 콕콕 찔려 아프거나 온몸 휘감아 내려앉는 침전의 상황일지라도 연대와 온정으로, 어쩜 발버둥이가 될지라도 함께 견뎌보고자 한다.

작가는 실천한다. 이는 작가가 글의 힘을 믿기 때문일 것이다. 글에 담긴 혼(魂)이 누군가에게 가닿아 다만 하나라도 돋아나는 신아(新芽)가 될 것을 신앙처럼 믿고 있기 때문이다. 젊은 작가 오태화의 첫 번째 책에 수록된 54편의 시, 그리고 이제 새롭게 만날 82편의 메시지는 이런 감정의 격정이며 몸부림이고 실천인 것이다.

슬픔에 잠겨 혼자임을 느끼고, 우울한 상념이 대기에 가득할 때, 우리가 처방받을 수 있는 비타민제가 작가 오태화의 글이 아닐까 한다.

한때 스승이었던 나는, 지금의 스승인 태화의 글을 읽는다.

삶, 그리고 우리의 호흡들이 폐로워지는 순간 이 책을 권해 드린다.

광주광역시교육청 정책기획과 장학사 안세희

당신의 지친 오늘을 위로합니다

가끔 표지 제목을 찬찬히 들여다보고 있노라면 문장들에 새겨진 작가의 무늬가 그려질 때가 있습니다. 오태화 저자가 쓴 《오늘에 지친 그대에게》는 고된 하루의 끝에 선 이들에게 조용히 다가와 '괜찮다'고 말해주는 듯합니다.

코로나 19가 바꿔놓은 일상의 풍경이 '서로'가 아닌 '혼자'가 더 익숙해진 지금, 홀로 남겨짐과 혼자서 모든 것을 견뎌내야만 하는 아픔을 감내하도록 내몰리고 있습니다.

오늘을 살아가고 있지만, 저마다 지치고 외로운 오늘을 보내는 이들, 홀로 있는 일상을 파고든 외로움으로 마음에 균열이 난 이들, 삶이 무너져 끝이 보이지 않는 절망에 빠진 이들, 그렇게 많은 이들이 보이지 않는 구석에서 아파하고 있습니다.

《오늘에 지친 그대에게》는 우리 사회에 짙게 드리워진 그림자 속에서 신음하는 이들을 마주합니다. 작가는 '또 다른 겨울의 시간'을 버텨나는 이들에게 "결국, 사랑"이라며 손을 내밉니다.

작가의 책을 접하면서, 정치에 입문하기 전, 마을주치의로 활동했던 때가 떠올랐습니다. 마을주치의로서 지역 곳곳을 다니며 지역 사회의 그늘에 가려진 이웃들의 아픔을 가까이에서 지켜봤습니다. 누군가에게 기댈 수 없다는 절망감이 더욱 큰 고통으로 남는 이들에게 작은 위로가 얼마나 큰 위안이 되는지 잘 알고 있습니다.

힘든 오늘을 견뎌오신 여러분께, 특히 우리 사회를 살아가며 조금은 지친 여러분께 이 책을 읽어보시기를, 따뜻한 위로를 받으시기를 추천합니다. 작은 위로가 되기를 소망하는 작가의 마음이 따뜻하게 전해지기를 바랍니다.

감사합니다.

광주 광산구갑 국회의원 이용빈

따뜻하게 기댈 만한 언덕이 될 수 있기를

반갑습니다. 국회에서 일하는 민형배입니다. '오늘에 지친 그대에게' 출간을 진심으로 축하드립니다.

코로나19 팬데믹은 우리 사회 전체를 외로움과 우울감에 빠뜨렸습니다. 홀로 모든 것을 견뎌내야 하는 아픔을 감내하도록 내몹니다. 많은 이들이 어두운 그림자 아래 아파합니다.

'오늘에 지친 그대에게'는 바로 이런 형편에 처한 이들에게 희망의 메시지가 되리라 생각합니다.

우리는 모두 저마다 힘겨운 일상 속에서 어려움을 겪고 있습니다. 특히 코로나19 위기와 팬데믹의 장기화는 우리의 일상을 무너뜨립니다. '오늘에 지친 그대에게'는 우리 사회를 살아가는 우리 모두에게 던지는 따뜻한 위로와 격려 메시지입니다.

이 책의 의미는 제가 정치를 처음 시작한 이유와 크게 다르지 않을 것 같습니다. 누군가의 삶에서 그림자를 걷어내고 잠시라도 공동체의 품으로 안아주고 싶다는 따뜻한 생각이 그 출발점입니다.

외롭고 어려운 분들께 이 책이 따뜻하게 기댈만한 언덕이 될 수 있기를 기대합니다.

광주 광산구을 국회의원 민형배

마음속에 살아남아 오랫동안 위로가 될 말들

우연히 본 글귀가 며칠을 마음에 남았습니다.

"사람의 말은 사람의 입에서 태어나 사람의 귀에서 죽는다. 하지만 어떤 말들은 죽지 않고 사람의 마음속으로 들어가 살아남는다"

처음엔 제 마음에 남기기 위해 노력했습니다. 지금도 버거운 현실에 허덕이는 많은 청년들의 이야기를 기억하기 위해 안간힘을 썼습니다. 마음에 새겨진 '말'들은 세상을 바꾸는 동기로, 대안으로 쓰기도 했고, 가끔은 청년들의 현실을 잘 모르는 세대들을 설득하는 다양한 사례로 쓰기도 했습니다.

불현듯 떠올랐습니다. '내게 이야기를 들려준 청년들에게, 나의 말들은 그들의 귀에서 죽었을까? 가슴에 남았을까?' 실질적인 해결책을 마련하기에 앞서 가장 먼저 해야 했던 일은 마음속에 남는 위로의 말이 아니었을까? 반성했습니다. 깨달음 뒤에 찾아온 것은 아쉬움이었습니다. 그리고 제 능력에 대한 안타까움이었습니다.

제 아쉬움과 한계로 고민에 빠져 있을 때 오태화 작가의 《오늘에 지친 그대에게》를 만났습니다. 위로를 받고 위로를 배울 수 있었습니다. 제게 이야기를 들려준 많은 이들의 진심에 어떻게 공감할 수 있을지, 위로할 수 있을지 배웠습니다.

그리고 힘든 나날을 보내고 있을 많은 사람들에게 가슴에 오랫동안 살아남는 위로가 되리라 생각합니다. '오늘 하루도 수고했어'라며 쓸쓸하게 위로할 친구들에게, 삶의 벼랑 끝에서 홀로 분투하고 있을 많은 사람들에게 《오늘에 지친 그대에게》가 포근하게 감싸줄 글과 말이라고 자부합니다. 저의 마음과 작가의 마음이 많은 사람들 마음에 닿기를 소망합니다.

감사합니다.

더불어민주당 국회의원 전용기

작가의 말

최근 들어 유난히 주변에서 슬픈 소식들이 많이 들려옵니다. 누군가가 세상의 무게를 못 이기고 우리 곁을 떠나버렸다는 소식이었습니다. 코로나 팬데믹이 찾아온 이후부터 우리에게는 이른바 코로나 우울증에 신음하던 누군가와 작별하는 일이 일상이 되어버렸습니다. 마음이 너무도 아팠습니다. 그러던 어느 날 기사 하나를 접하게 되었습니다. 스스로 생을 마감하는 청년들이 더욱 늘어났다는 소식이었습니다. 착잡한 심정이었습니다. 그동안 내내 머릿속의 애매하게 떠다녔던 수많은 고민이 한 번에 터져 나왔습니다.

이런 상황 속에서 저는 세상의 한 조각으로서 제가 감당할 수 있는 일이 무엇일지 고민하게 되었습니다. 그것은 어려운 고민이었습니다. 저는 누군가를 직접 살릴 수 있는 의학 지식도, 누군가에게 희망의 메시지를 던져줄 수 있는 사회적 영향력도 없었습니다. 누군가를 살릴 만큼 능력이 출중하지도, 인품이 훌륭하지도 않았습니다. 그렇기에 제가 할 수 있는 것은 오직 글을 쓰는 일밖에는 없었습니다.

한때는 누군가를 무너뜨리기 위해 글을 써보기도 했습니다. 누군가를 공격하고 비판하고 판단하는 글도 일상이었습니다. 그러나 어느 순간 깨달았습니다. 글은 너무도 날카로운 칼날을 가진지라 상대를 베는 칼날의 반대편에 반드시 자신의 마음도 다친다는 것을요. 그 이후부터는 제가 가진 피의 빛을 언제나 마음에 담아두게 되었습니다. 그것을 다 갚지는 못하더라도 누군가 한 사람이라도 더 살려보자는 결심과 함께요.

이제 누군가를 살리기 위한 마음을 가득 담아 부족한 실력의 글을 모아 세상에 내놓습니다. 되도록 많은 이들이 이 글 속의 공감과 위로에 힘을 얻어 힘든 삶이지만 함께 견디며 살아갈 수 있었으면 좋겠습니다.

이 책을 내기까지 특별히 도움을 주신 분들이 계십니다.

먼저, 사랑하는 부모님과 가족들. 여러분들이 계셔서 저는 늘 힘을 얻어 살아갑니다. 사랑합니다.

이용빈 국회의원님과 김미영 사모님께도 늘 감사드립니다.

두분께서 늘 부족한 제게 과분한 사랑과 믿음을 보내주셨고, 제 든든한 버팀목이십니다.

다음으로 학교에 다닐 때부터, 졸업 후 지금까지 부족한 저를 가르치고 이끌어주시는 숭의중학교 안세희 선생님, 박준호 선생님, 문성고등학교 김영훈 선생님, 양지웅 선생님께 감사드립니다.

제가 세상 속에서 살아갈 수 있는 용기와 힘은 선생님들의 응원과 가르침으로부터 나왔습니다. 늘 감사드립니다.

제 신앙의 뿌리이자 사랑하는 가족, 예수향교회 김영철 목사님과 교회의 모든 식구들, 형제 자매님께 늘 감사드립니다. 여러분의 신앙이 저를 가르치고, 여러분의 삶이 저를 이끌며, 여러분의 사랑이 저를 바로 세워주셨습니다. 진심으로 감사합니다.

마지막으로 제 모든 삶의 주인이시며, 언제나 삶 속에서 동행하시는 주 아버지 하나님께 원래 그분의 것이었던 이 모든 영광을 돌려드리고자 합니다. 기쁘게 받아주시기를, 그리고 이 글을 아버지께서 원하시는 바에 합당하게 쓰시기를 진심으로 기도합니다.

감사합니다.

차례

제 3장_ 삶에 지친 그대에게

제4장_ 사랑에 지친 그대에게

제5장_ 이별에 지친 그대에게

숨 가쁜 세상 속에서 우리로 남는 법

우리 삶에서 가장 중요한 것이 무엇일까요
돈, 명예, 권력.
많은 답변이 있겠습니다만
저는 단연 사랑을 꼽고 싶습니다.

사랑은 너와 나를 우리로 묶어줍니다.
곁에 아무도 없이
홀로 처음 와본 세상 속에서
우리는 우리가 됨으로써 견딜 힘을 얻습니다.

인생의 살을 에는 겨울바람에
우리가 떨고 있을 때
마음 한편에 웅크린 사랑은
꽁꽁 언 손과 발을 따스하게 녹여줍니다.

유독 숨 가쁜 이들이 많은 우리의 시간
그 속을 살아가는 사람들이
사랑의 따뜻함을 다시금 기억하고
또 다른 겨울의 시간을 버텨나갈 수 있는
힘을 얻을 수 있었으면 좋겠습니다.

사랑입니다.
결국, 사랑입니다.

사랑을 사랑이라고 꼭 말하지 않더라도
모든 문제의 해답은
결국, 사랑입니다.

제 1장

외로움에
지친
그대에게

시들어가진 마세요

살아가다 보면 종종
혼자라는 생각에 눈물의 짠맛이 돌 때가 있습니다.

세상 모두는 여전히 찬란한데
혼자 침전해 가는 나의 모습을 발견할 때
우리는 가끔 삶의 한 꼭지를 놓아버리곤 합니다.

그렇게 우리를 시들게 하는 것은
썩은 물도 아니며
쉰 밥도 아닙니다.

외로움이라는 녀석은
그 창백한 얼굴로
우리를 서서히 시들게 만듭니다.

잠시 기대어 쉴 수 있는 그늘이 없다고 느낄 때
나를 안아줄 따스한 품이 없다고 느낄 때
나를 위한 소중한 눈물 한 방울조차 없다고 느낄 때
우리는 정말로 시들어가는 것 같습니다.

혼자 시들어가진 마세요.
비록 힘겨운 길이지만
그 끝까지 함께 걸어갈 수 있었으면 좋겠습니다.

혼자 걸어갈 때도

세상 길은 혼자 걷는 길이라고들 말합니다.
고독을 즐기고 이겨내야 한다는 말
외로움 앞에서 더욱 강인해져야만 한다는 말
외로움에 지친 우리에게
가장 많이 건네지는 말이기도 합니다.

그러나 어느 날이건 길을 걸어가고 있을 때
세상은 절대로
생각처럼 나를 혼자 던져두지는 않습니다.

풀벌레 소리, 바람 스치는 소리
낙엽 저무는 소리, 이슬이 떨어지는 소리
조금만 귀를 기울이면 비로소
내가 걷고 있는 길이 아닌
나를 둘러싼 풍경을 볼 수 있습니다.

세상 길도 이와 같습니다.
늘 혼자 걷고 있다며
늘 혼자여서 외롭다며
외로움에 지쳐버린 우리의 삶이지만

그 뒤편에는 언제나
절실히 두 손을 모으고는
가장 소중한 당신을 위해
애타게 기도하는 목소리가 있을 것이고

언제나 당신의 가장 밝은 빛을 기뻐하고
가장 어두운 그림자에 아파하는
당신을 바라보는 눈동자가 있을 것이며,

당신이 가끔 그 지친 고개를 떨구고
기대어 뜨거운 눈물을 쏟고 가길 바라는
온기 가득한 부드러운 품이 있을 것입니다.

혼자 걸어갈 때도
그 길을 보며 외로움을 느끼기보다
당신을 둘러싼 당신의 풍경을 그려보세요.

외로움에 대하여

외로움은 우리를 참 비참하게 만듭니다.

문득 삶의 한 조각마다 느껴지는
숨 막히는 외로움은
우리에게서 한발 더 나아갈
용기와 의지를 빼앗아 가곤 합니다.

외로움이 나를 아프게 누를 때
우리는 눈물조차 흘리지 못합니다.
마음은 이미 상처가 가득해서
더는 버티기도 힘들건만

외로움이 남기고 간 상처는 깊고 어두워서
보여줄 수도, 설명할 수도 없는
그저 나 혼자 감당해야 하는 아픔입니다.

외로움은 우리를 참 비참하게 만듭니다.
외로움은 그것을 극복하는 일마저
홀로 감내해야 한다는 것으로
우리를 더욱 외롭게 만듭니다.

외로움을 극복하는 것은
그렇게 외롭습니다.

나의 외로움은

저는 바쁜 평일을 보내는 편입니다.
이런저런 업무와 만남
활동 중인 단체에 대한 고민과 문제 해결

어떻게 보면 숨 가쁘고 고달픈 시간이
바로 저의 평일입니다.

그런데 재미있는 것은
제게는 평일의 바쁜 시간이
때로는 여유로운 주말보다 행복하다는 것입니다.

평일의 바쁜 일정 속에서도
저는 언제나 외롭지는 않습니다.

일상에 치이고, 사람들에게 데이면서도
늘 누군가와 함께 있으며
또 누군가를 접하고 교류하면서
함께 존재한다는 사실에 안도하기도 합니다.

그러나 바쁜 일상을 마친 뒤의 새벽 시간과
주말의 한적한 시간은
비록 몸은 편안할지라도
어딘지 외롭고 공허합니다.
마치 마음속에 텅 빈 간극이 생겨버린 것 같기도 합니다.

홀로 남겨졌다는 고독감과
소란스럽고 숨 가쁜 일상에서 벗어난 허탈감이
늘 혼자 있는 새벽을 무겁게 짓누릅니다.

그럴 때 저는 글을 쓰곤 합니다.
외로움을 애써 외면하거나 피해버리기보다
그것에 대해 써보고
그것에 대해 혼자 고민해보기도 합니다.

나의 외로움은 결국 나의 또 다른 모습입니다.
타인을 괴로워하면서도 타인에 의존적인
자아의 모습입니다.

하지만 그것은 극복되어야 할 자신이라거나
지워져야 할 나의 부끄러운 그림자는 아닙니다.
그저 너무나도 당연한 나의 모습이며
감출 필요도, 부정할 필요도 없는 소중한 모습이기도 합니다.

그렇기에 우리에겐 또 다른 태도가 필요합니다.
외로움을 소리 내어 표현하는 것.
나의 외로움을 시선을 맞추어 바라보는 것.
그것만이 내가 외로움 속에 방치되어 있지 않다는 것을 알게 해줍니다.

외로움을 부끄러워하지 않았으면 좋겠습니다.
당신의 마음에 있는 외로움은
모두의 마음에 숨 쉬는 약한 모습이고
모두를 힘겹게 하는 삶의 무게이기도 합니다.

외로운 세상이죠?

가끔은 이 넓은 세상 속에서
나만 혼자 이방인이 된 듯한 기분을 느끼곤 합니다.

세상 모두가 나에게 아무런 관심을 가지지 않으며
그 누구도 내가 어떤 상태에 놓인다고 해도,
예컨대 큰 병에 걸리거나, 사고를 당하거나
심지어는 내가 당장 사라진대도
아무런 문제가 없을 것이라는 기분입니다.

참 외로운 세상이죠?

그런데 그것은 외로움의 함정입니다.
외로움의 인력은 너무도 강력합니다.
그리고 외로움은 언제나 또 다른 외로움을 끌어당깁니다.

나는 외로운 사람이라는 그 생각이
내가 외로웠던 이유를 만들어 내며,
내가 지금 외로운 이유를 만들어 내고,
마침내는 내가 쭉 외로워야만 하는 이유를 만들어 냅니다.

비록 세상 모두 다 나에게 아무런 관심을 가지지는 못하더라도
분명히 고개를 조금만 둘러보면
내게 따뜻한 말 한마디, 마음 어린 손길 한 번을
건네는 이들이 존재합니다.

그리고 우리가 외로움이라는 위명 하에
굳건한 장벽으로 건설해버린 외로운 마음의 벽을 허물고
어떤 이들의 순수한 마음을 온전히 받아들인다면
세상은 더는 외로운 공간으로 남지 않습니다.

세상은 내 삶을 빼고는 늘 정말 찬란해 보이죠.
내가 없어진다고 해도 그 찬란함은 여전할 것 같습니다.
그런데 아닙니다.

세상은 당신이 찬란함을 담아 보고 들으며
하루를 더 살아가고 있기에
비로소 찬란한 것입니다.

찬란함은 언제나 바깥세상에 있지 않고
내 마음 한편에서 나를 애타게 기다리고 있습니다.

서럽다는 것은

삶 속에서 우리는 자주 아픕니다.
몸이 먼저 무너지고
마음도 무너지고
마침내 '나'도 무너집니다.

그런데 병보다, 통증보다
우리를 더욱 서럽게 만드는 것은
홀로 모든 것을 맞이했다는
아픔과 외로움입니다.

몸의 아픔과 통증을
홀로 온전히 견뎌내야 한다는 것은 외롭습니다.
그리고 그 아픔을
누구도 온전히 헤아릴 수 없다는 것은 아픕니다.

혹시 당신 곁의 어느 누군가가
몸의 질병과 마음의 아픔이 찾아와
혼자 괴로워하고 있지는 않은가요?

혹시 당신의 삶에 불현듯 찾아와
몸과 마음을 무너뜨리고 있는
남모를 아픔과 통증이 있지는 않은가요?

가벼운 위로, 철없는 말 몇 마디가
당신의 모든 짐을 함께 지어줄 수는 없지만
당신께 조심히 위로를 건네고 싶습니다.

아픔 속에서도 서럽지는 마세요.
당신의 뒤 어딘가에서
당신의 괴로운 신음과 몸부림을 지켜보며
이 악물고 눈물을 참아내는 누군가가 분명히 있습니다.

그리고 세상은
당신을 홀로 던져둘 만큼 차갑지는 않습니다.

오늘이라는 것

삶은 아픔의 연속입니다.
사이사이의 기쁨과
사이사이의 아픔이 섞여
우리들의 삶의 한 페이지를 그려냅니다.

그렇게 완성된 한 페이지를 우리는 하루라고 부르며
그 페이지를 그려가는 시간을
우리는 '오늘'이라고 부릅니다.

우리의 삶 속에서 늘
오늘은 외로운 것 같습니다.
오늘은 어제보다 피곤하고 지쳤으며,
어제보다 시들어버린 자신을 보곤 합니다.

가끔 라디오에서 흘러나오는 추억의 음악을 들으며
잠시간의 미소에 잠기는 까닭은
오늘이 그만큼 숨 가쁘고 벅차기 때문일 것입니다.

오늘이라는 것은
어제부터 쌓여온 외로움과 아픔이
모든 기쁨을 억누르고 있는 시간이기에
우리는 언제나 내일을 기다리며 오늘을 덮어버리곤 합니다.

그런데도 오늘이라는 것은
가족들의 따뜻한 웃음 속에서
세상을 홀로 살아가고 있지는 않다는 것을 느끼고

길가의 어린아이들 노는 소리에도
내게도 저런 시간이 존재했음을 돌아보며 느끼며,
문득 산들바람 사이로 불어닥친 꽃향기에
봄이 한껏 다가왔음을 느끼는 시간입니다.

오늘이라는 것은
분명히 외롭지만
나를 둘러싼 세상이 있기에
외로워하지만은 않을 수 있는 시간입니다.

외로워서 울어본 기억

아주 어렸을 때
언젠가 낮잠을 자던 중
어머니가 시장을 보기 위해
집 앞 마트에 가신 적이 있습니다.

문이 닫히는 소리에 일어난
어린 저를 반기는 풍경은
해가 반쯤 저물어 그림자가 살포시 내려앉은 집과
애타게 큰 소리로 불러도 돌아오지 않는 대답이었습니다.

왈칵 눈물이 솟아 나왔습니다.
혼자 남겨졌다는 무서움은
집 안의 어둠을 더욱 크게 만들었고
어둠 속의 물건도 소름 끼치는 무서운 존재로 둔갑시켰습니다.

저는 잠자던 차림 그대로 울면서
복도 앞 엘리베이터로 뛰어나와
그 앞에서 한참을 울고 있었습니다.
어머니는 금방 돌아오셨고,
울고 있던 제게 과자를 주며 달래주셨습니다.

어른이 되어 외로움이라는 단어를 떠올릴 때면
저는 그 어린 날의 추억이 항상 떠오릅니다.

어린아이였던 제게
밤의 어둠과 두려움은 시련이었습니다.
그리고 혼자 남겨졌다는 것은
그 모든 무거운 시련을 혼자 감당해야 한다는 의미였습니다.

지금도 외로움은 제게 마찬가지로 다가옵니다.
외로움이 각별하게 고된 까닭은
눈앞에 놓인 시련과 아픔을
온전히 혼자서 감당할 자신이 없기 때문입니다.

세상이 가져다줄 삶의 무게를
혼자서 지고 갈 자신이 없기 때문입니다.

바로 그날에 저는
외로움을 깨달을 수 있었습니다.

외로움을 배우다

아기들은 외로움이 무엇인지 알지 못합니다.
그것을 충분히 고민하고 배울 시간이 없었기도 하지만
외로움과 그것의 반대되는 개념을 느껴본 적이 없기 때문입니다.

막 태어난 아기는 늘 누군가와 함께 있습니다.
태어나기 이전부터 어렴풋이 느껴온 어머니의 존재와
태어난 후 늘 자신을 둘러싸고 보살피던 누군가를 느끼곤 합니다.

그러나 어느 순간 아기는 부모와 분리됨을 느끼게 됩니다.
처음에는 늘 자신의 일부로 존재해온 부모를 당연시했지만
점차 부모가 자신과 분리된 별개의 존재라는 것을 느끼는 것입니다.

이것은 아기들에게 큰 충격입니다.
자신을 둘러싸고 있던 세상이 자신과는 별개로 존재한다는 것.
자신과 세상은 철저히 분리되어 있음을 느끼는 것은
막 태어난 아기들에게는 가혹한 시련입니다.

그리고 바로 그 순간부터 아기는 부모를 애타게 찾습니다.
부모가 언제든 자신과 분리될 수 있음을 알기에
조금이라도 부모가 시야에서 사라지면
불안감을 느끼기 시작하는 것입니다.

우리들의 삶의 시작부터
외로움은 이렇게 우리와 함께하기 시작합니다.

우리가 갑작스럽게 외로움을 느끼는 까닭은
오래전 배워야만 했던 부모와의 분리에서 오는 상실감과
그 간극을 채워야 한다는 강박적 욕구에 있을 것입니다.

그렇기에 이제는 외로움을 배워보아야 합니다.
외로움을 느끼기는 쉽지만
배워보지는 못하는 경우가 많습니다.

자신을 구성하는 근본적 인성의 기조에
언제나 외로움은 그림자를 드리우고 있음을 느끼고
외로움을 마주 보려 노력해 보아야 합니다.

그런 날이 있죠

문득 평범하게 길을 걸어가다가도
까닭 없이 외로움이 찾아오는 날이 있습니다.

그런 날엔 이유 없이 휴대전화 연락처를 뒤적이거나
오래도록 연락 없이 지냈던 옛 친구들 이름을 검색해보곤 합니다.

그렇게 외로움에 감염되어버린 날은
잠드는 일마저 고역이자 중노동에 가깝습니다.
끊임없이 보고 싶던 얼굴들이 솟아났다가 사라지고
흘려보낸 인연들에 대한 미련이 떠오르기 때문입니다.

유난히 그런 날이 있습니다.
늘 혼자였음에도
유난히 혼자임이 흉터처럼 아프게 느껴지는 날

이 짧은 글이
그런 오늘을 보내고 있는 그대에게
잠시간의 휴식이 되어주었으면 좋겠습니다.

외로움을 위로하는 방법

주위를 둘러보면
외로움에 시달리고 있는 사람들이 제법 많습니다.

겉으로는 잘 드러나지 않지만
혼자 남겨져 있다는 외로움의 무게에
항상 짓눌려 살아가는 이들도 있습니다.

이들을 일으켜 세워주기 위해서
작은 위로나마 건네주려 할 때마다 종종 고민이 생기곤 합니다.

외로움이란 섬세하고 연약한 감정이기에
성급한 위로는 오히려 불쾌감을 가져올 수 있기 때문입니다.

그럴 때마다 저는 그저 곁에 같이 있기 위해 노력합니다.
곁에 언제나 누군가 존재한다는 것을 알려주고,
누군가가 그 사람을 애타게 찾고 있음을 보여줍니다.

그리고는 재미있는 말이나 농담으로
그저 웃어보기를 기다리곤 합니다.

외로운 사람이 더 외로워지지 않도록
결국, 스스로 일어날 힘을 차릴 수 있도록
그저 곁에 있어 줄 뿐입니다.

외로움을 위로하는 방법은 알기 어렵습니다.
그러나 그저 같이 있어 주는 것은 어렵지 않았습니다.

만일 누군가의 어깨 위에 외로움의 그림자가 내려앉았다면
그저 곁에 있어 주는 것만으로도
그 사람에게는 일어설 용기가 될 수 있습니다.

인간 실격은 없다

일본 쇼와시대의 작가 다자이 오사무는
'인간 실격'이라는 소설을 썼습니다.

그는 책의 상당 부분을
주인공을 통해 드러낸 자신의 불안감과
인간에 대한 공포와 불신
그리고 인간에 대한 혐오에 가까운 불만을 표현하는 데에 할애합니다.

그러나 과연, 소설의 표현을 빌려보자면
인간으로서 실격한 삶이 있을까요?

소설 속의 주인공은
누구도 그렇게 만들지 않았지만
타인의 시선 속에서 공포와 혐오를 느끼곤 합니다.

결국, 그는 어린 시절에는 광대로서의 정체성을
나이가 들어가면서는 끝없는 슬픔과 인간 불신으로
자신의 정체성을 형성해 나갑니다.
그렇게 어쩌면 '인간 실격'은
우리의 우울감의 근원에 대해 다루고 있는지도 모릅니다.

우울함과 외로움의 근원은 때로는
바깥보다는 나의 안에 있을지도 모릅니다.
그렇기에 '인간 실격' 역시
바깥이 아닌 우리들의 안에 숨 쉬는 것입니다.

인간으로서 실격해버린 삶은 없습니다.
그저 자신을 낙인찍어버린
아픔과 통증만이 존재할 뿐입니다.

그것을 벗고 일어서세요.
당신은 그럴 가치가 있는 사람입니다.

제 2장

세상에
지친
그대에게

가장 빨리 배우는 말

우리는 살면서 억울함을 자주 경험합니다.
불공정과 차별에 시달리면서
이유 없는 불이익에 억울함을 호소합니다.

슬프게도 어린 시절 우리가 가장 먼저 배워야 하는 말 역시
억울함과 반대, 거절과 거부의 의사 표현입니다.

세상이 조금은 뒤틀려 있기에
우리는 어린 시절부터 사람과 세상을 그대로 받아들이기보단
의심하고 선별하고 비판하는 법을 먼저 배우는 것입니다.

그렇게 억울하다는 말 속에는
우리 사회의 어두운 얼굴이 숨 쉬고 있습니다.

모두가 행복할 수 없는 사회
모두가 웃을 수만은 없는 공동체
그렇기에 우리의 삶은 끊임없는 거부와 거절
항의와 반대, 그리고 억울함으로 지켜져야만 했습니다.

언젠가
억울하다는 말이
우리에게 잊히는 날이 온다면 좋겠습니다.
모두가 웃을 수 있다는 것이
이상이 아닌 일상이 되었으면 좋겠습니다.

우리가 분노하는 이유

우리는 늘 분노를 조절하는 법을 배워야 한다며
주변의 많은 이들에게 이야기하곤 합니다.
그것이 우리 사회가 정해놓은 덕목이기 때문입니다.

그러나 우리는 종종
분노를 조절하는 법을 가르친다는 핑계로
분노 불감증을 가르치는 실수를 범하곤 합니다.
분노를 느껴서는 안 되는 감정으로 여기곤,
정당한 분노마저도 삶 속에서 앗아가 버리는 것입니다.

그러나 분노는 분명히 위험하지만 동시에 소중한 감정입니다.
올바른 분노는 사회를 움직이며 바꿔나갔습니다.

4.19, 5.18, 그리고 6월 민주 항쟁 속에서의 분노는
우리 사회가 이른바 '일반 사람'들의 삶과 목소리에
귀를 기울이도록 만들어 주었습니다.

사회의 불공정과 침묵의 폭력에 대한 분노는
우리 사회를 투명하고 공정하며 평평하게 바꿔나가고 있습니다.
그렇게 분노는 중요한 역사 속에서
새로운 시대를 열어가는 소중한 원동력으로 작용하곤 했습니다.

최근 들어 누군가의 분노에 대해
그저 이성적이지 못한 이들의 생각 표출 방식으로 비하하거나
지나친 몰입으로 인한 비이성적 태도로 격하하는 일들이 늘어났습니다.

그러나 그것은 분노라는 감정에 대해
단순하고 평면적으로 분석한 결과물일 뿐입니다.
우리는 올바른 방법으로 분노해야 합니다.
우리가 분노해서는 안 되는 것이 아닙니다.
다만, 적절하고 옳은 방향으로 분노해야 합니다.

앞으로 우리는 참을성만큼이나
올바르게 분노하는 법에 대해서 가르쳐야 할 것입니다.
올바른 분노만이 사회를 바꾸고 삶을 변화시키는
강하고 탁월한 원동력이기 때문입니다.

혐오는 삶을 좀먹게 만듭니다

혐오만큼이나 무서운 것은 없습니다.

혐오에 길들기는 쉽습니다.
혐오는 단순하며 강렬하기 때문입니다.

바꿔서 말해볼까요.
마약에 길들기는 쉽습니다.
마약은 단순하며 강렬하기 때문입니다.

그러나 마약은 끊기에 어렵습니다.
그리고 마약은 삶을 좀먹게 만듭니다.

그렇기에 혐오도 끊기에 어렵습니다.
그리고 혐오 역시 우리의 삶을 좀먹게 만듭니다.

타인의 삶을 해치는 데에서 시작해
종국에는 나의 삶도 해치게 됩니다.

혐오가 길가의 돌멩이에도 행해지지 않았으면 좋겠습니다.

사람에게 차가운 사회

우리 사회는 찬란합니다.
어쩌면 역사상 가장 찬란한 문명을 이루고 있습니다.

우리가 건설한 도시는 빛나고 있으며,
우리의 과학은 불가능의 영역을 점차 줄여나가고 있습니다.

그런데요.
그렇게 찬란한 시대를 살아가는 우리의 삶에는
외딴 그림자가 자꾸만 드리웁니다.

높고 밝은 도시는 차갑기만 하며,
깨끗하고 아름다운 거리에는
굶는 이웃에 대한 무관심이 가득합니다.

모두 저마다의 가면을 하나 이상 들고
온종일을 무표정으로 살아갑니다.
우리가 언제부터 차가워져 버린 것일까요.

음악이 죽은 시대,
사랑도 죽어버린 시대가 되어버린 것일까요?

또 한 번의 차가운 밤을 보내면서
그 와중에 자그마한 온기를 느끼는 기사를 보며 애써 위안 삼으며
그래도 따스한 밤이 되라며 마음을 달래고는
작은 오늘을 마무리합니다.

숨 가쁜, 그리고 공허한

찬란한 지금의 시대를 살아가는 우리는
왜인지 모르게 더욱 숨 가쁘고 더욱 외롭기만 합니다.

분명 간단해지고 편안해졌으며 빨라졌건만
우리의 일상은 버겁기만 합니다.
바쁜 하루를 보내고 난 뒤
지친 직장 업무 끝에 찾아온 휴식시간은
왜인지 모르게 짧기만 합니다.

SNS 속에 비춘 지인들의 일상은 화려하고 즐거운데,
그것을 들여다보고 있는 나의 삶은 어딘지 초라한 탓에
괜스레 심술도 나고, 자조감도 찾아오곤 합니다.

미디어 속에 비추어진 연예인들의 화려한 삶을 바라보며
동경하기도, 질투하기도 합니다.
버스 창가에 비춘 아름다운 커플들의 모습을 보면
어느새 포기해버린 나의 삶들이 떠올라 울적해지곤 합니다.
우리는 그렇게 지나치게 숨 가쁘게 살면서도
지나치게 공허한 사회 속에서 살아가고 있습니다.

빠르고 편리하기에 숨 가쁜 사회,
연결되어있기에 공허한 사회가 바로
우리가 살아가는 현대 사회의 한 단면은 아닐까요?

발맞춰 걸어가기엔 너무나 빠르게 걸어가는 사람들,
마음을 터놓고 자신을 나누기엔 너무 화려하고 차가운 사람들이
우리들의 세상 밖 어떤 이가 우리를 바라보며 내리는 평가는 아닐까요?

숨 가쁜 일상 속에서 공허함을 느끼지 않기 위해
잠을 줄여가며 발버둥 치는 모습이 바로 우리 삶의 슬픈 단면이죠.
조금 천천히 걸으라는 다독임,
잘하고 있다는 격려조차도 귀에 들어오지 않는 공동체,
그것이 바로 우리가 만들어 놓은 '숨 가쁜 사회'입니다.

한 사람이라도 더 살려야지요

최근을 떠올려보면
유난히 신문 보기가 두려워집니다.

신문 곳곳에서 온통
죽음의 냄새가 가득하기 때문입니다.

누군가를 속이고
누군가를 괴롭히며,
또 누군가를 미워하고
심지어는 누군가를 죽이기에 이릅니다.

이 속에서 저는 자꾸만
사람의 존재 의미에 대해 고민해보게 됩니다.

사람이 존재하는 이유는
어쩌면 사랑일 것입니다.
누군가를 사랑하는 것
그리고 누군가에게 사랑받는 것이야말로
사람이 사람일 수 있게 하는 것입니다.

그리고 사랑의 가운데에는
다른 이에게서 나를 발견하는 일이 있습니다.
다른 이를 나에게 빗대어 보는 일이야말로
우리는 사랑이라고 부를 수 있을 것입니다.

그렇기에 우리는 우리의 삶 속에서
그저 한 사람이라도 더 살려보아야 합니다.

한 사람을 살리는 일은
그 사람 속에 든 나의 한 조각을 살리는 일이며,
결국, 나를 온전한 나로 지켜주는 일이고,
사람을 사람으로 남게 해 주는 일이기 때문입니다.

그렇기에 우리
한 사람이라도 더 살려봅시다.

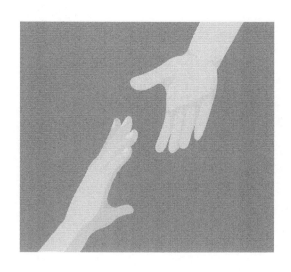

선택권은 없는 것일까요

학교에 다니던 기억은
언제나 오묘한 기분을 느끼게 합니다.

인생에서 경험한 가장 어두운 시기는 학교에 있었고,
가장 밝고 즐거운 시기도 학교에 있었기 때문입니다.

가장 많은 실패에 목이 메어본 일도 학창시절이었고,
늘 경쟁에 시달리며 걱정에 침몰하던 것도 그때였습니다.

스스로가 가장 많이 닳아져 가고 있다는 것을 느끼고는
자신을 다시 확인하려 몸부림쳐 보기도 했습니다.

그러나 동시에 가장 많은 이들과 함께
같은 방향으로 걸어가 본 적도 그때였으며,
가장 많은 순간이 기억 속에 남아
유쾌한 웃음을 자아내는 것도 그때였습니다.

그렇기에 저는 늘 고민하곤 합니다.
우리의 다음 세대들에게는
오묘한 기분보다는 좋은 기억만을 남겨줄 수는 없을까요.

이들의 삶의 초입부에서부터
아픔과 실패에 대해 가르치고
좌절과 문턱에 대해 느끼게 해야만 할까요.
우리에게 선택권은 없는 것일까요.

문득 고개를 들어보니
우리 사회에는 유난히
교복을 입은 몽당연필이 많은 것 같습니다.

사람에게선 구원을 구하지 않으렵니다

우리는 흔히
사람에게서 구원의 희망을 얻고는 합니다.

우리의 삶이 가장 어두운 웅덩에서 침잠하곤 할 때
우리를 그곳에서 건져내어
밝은 빛을 비춰줄 사람을 찾고는 합니다.

때로는 연예인에게
때로는 유명한 정치인에게
그리고 때로는 누구보다도 사랑하는 사람에게
나의 삶의 구원을 걸어보곤 하는 것입니다.

그런데 이제 깨달았습니다.
사람에게 그토록 오랫동안 실망하고
아파하고 분노하고 또 미워했던 까닭에는
언제나 남몰래 걸어두어 성취되지 못했던 나의 구원이 있었음을

사람을 사랑해야 합니다.
사람은 사랑할 수 있는 존재이기 때문입니다.
그리고 사람은 사랑할 수밖에 없는 존재이기 때문입니다.

그러나 사람에게 나의 구원을 걸어서는 안 됩니다.
그것은 나와 그 사람 모두에게 가혹한 일이었음을
오늘에서야 이렇게 깨닫습니다.

이상을 일상으로, 일상을 이상으로

이상을 일상으로 바꾸고
일상을 이상으로 바꿔나가는 것
그것이 바로 정치가 할 일입니다.

그렇기에 정치의 언어에서는 '단지 이상일 뿐입니다.'라는 말이나,
'그것이 일상입니다.'라는 말은 온당치 못합니다.
둘의 틈새를 좁혀가는 것이 정치의 책무이기 때문입니다.

요즘은 우리 사회의 정치가 참 혼란스럽습니다.
서로를 향한 모욕과 혐오,
조금만 생각이 다르면 어김없이 찾아와 물어뜯으려는 야성.
우리 사회의 갈등에 대한 면역이 많이 떨어졌습니다.

그러나 우리 세대만은 더욱 밝은 내일을 이야기해 보아야 하지 않을까요.
우리 세대만은 희망과 향기를 이야기해 보아야 하지 않을까요.
세상이 너무 어두워서 발 앞의 길도 잘 보이지 않더라도,
우리 세대만큼은 등불을 들고 앞서 나가자며
뒤 보다는 앞을 향해 걸어봐야 하지 않을까요.

누군가가 칼을 들고 위협할 때
이전까지의 시대는 칼을 들고 맞서 싸웠다면,
우리 세대만큼은 그 칼을 맞아 죽는 한이 있더라도
그 칼을 든 이마저도 사랑해봐야 하지 않을까요.

저는 세상의 뒤틀린 정의와 타협하지 않을 자신이 없습니다.
그러나 세상의 뒤틀린 정의가 판치는 세상으로 나가지 않고서는
그 뒤틀린 판을 아주 조금이나마 되돌리는 것은 불가능합니다.

그렇기에 세상으로 나가서 하루를 참회하며 살고자 합니다.
윤동주 시인의 참회와 고백에
스스로 삶을 더욱 부끄러워하면서도,
한 사람이라도 눈물 웅덩이에서 건지는 삶을 살아가고자 합니다.

이상을 일상으로
일상을 이상으로
그것이 이 시대를 살아가는 우리 모두의 책무입니다.

하늘에 별이 많아집니다

신문 보기 두려운 시대가 되었습니다.

2014년, 304명의 별이 우리 곁을 떠나갔습니다.
그리고 시간은 흘러
어느새 비극이 일어난 지 7년이 넘어갑니다.

그런데도 우리 곁의 소중한 별은
하루가 멀다고 우리 곁을 떠나갑니다.

유난히 밤하늘이 밝은 줄 알았더니
하늘에 별들이 많아졌나 봅니다.

사람의 생명은 별보다도 빛나는데
저 하늘의 별 만큼이나
대우받을 수 있는 세상이 오면 좋겠습니다.

신문 보기 두렵지 않은 세상이 오기를 소망합니다.

바뀌지 않을 것이라는 두려움

저는 요즘 들어 부쩍 두렵습니다.
그것은 우리 세대와 관련된 문제입니다.

우리 세대는 우리의 윗세대보다 더 나은 세대일까요.
우리는 그들보다 더 도덕적이며,
그들보다 덜 폭력적이며,
그들보다 덜 억압적이고,
그들보다 더 민주적일 수 있을까요?

우리는 그들보다 더 지혜로우며,
그들보다 덜 욕심이 많고,
그들보다 덜 편파적이며,
그들보다 더 용감할 수 있을까요?

우리는 그들보다 더 공정하며,
그들보다 덜 자연을 파괴하고,
그들보다 덜 착취하며,
그들보다 더 나은 세상을 만들어낼 수 있을까요?

우리 세대에 대한 확신은
우리를 오만과 독선으로 내몰 것이며,
그것은 결코 우리의 세상을 밝게 만들지 않을 것입니다.

바뀌지 않을 것이라는 두려움을 가집시다.
우리 세대 역시 경각심이 없이는
더 따뜻하고 공정한 사회를 만들 수 없습니다.
우리의 윗세대보다 한 발자국도 더 나아갈 수 없습니다.

미움도 껍데기와 함께 가라

신동엽 시인은 껍데기는 가라고 했습니다.
우리의 소중한 역사에서
그 겉멋과 허장성세는 모두 없어지고
고결한 정신과 숭고한 마음만 남으라는 것이겠죠.

그것은 우리의 통한의 역사가 불러온
새로운 시대에 대한 기대감 이전에
이전 시대에 대한 잔재를 훌훌 털어내자는 선언이었을지도 모릅니다.

이제 또 한 시대가 다가왔습니다.
우리의 옛 시대는 다시 한 꺼풀만을 남겨놓고는
역사의 장막 뒤로 사라질 것입니다.

새 시대에 맞춰 우리도
우리의 껍데기를 던져버립시다.

미움, 무한 경쟁, 시기, 질투,
사랑 없는 삶, 절망, 전쟁, 폭력,
혐오, 모욕, 대립, 갈등
우리의 껍데기를 모두 놓고 갑시다.

우리에겐 또 한 번의 선언이 필요합니다.
껍데기는 가라.
우리의 옛 시대도 알맹이만 남기고
그 껍데기는 가라.

사람에게 가혹한 시대

이 시대는 그 어느 때보다도 찬란합니다.

비록 여전히 존재하지만,
밥 굶는다는 말이 낯설어진 시대.
대학 졸업장이 낯설지 않은 시대.
스마트폰과 인터넷이 일상이 되어버린 시대가 바로
우리의 찬란한 문명이 건설한 시대입니다.

그러나 이 시대를 살아가는 우리는 유난히 가혹함을 느낍니다.
밥은 굶지 않지만, 끊임없이 배고픈 시대.
대학은 졸업했지만 쓰임이 없는 시대.
비록 손쉽게 사람과 연결될 수 있지만, 유난히 외로운 시대가
우리에게 다가온 현대 시대입니다.

우리는 풍요롭고 부유하지만 각박합니다.
지혜롭고 지식이 넘쳐나지만 쓸쓸합니다.
그리고 더 많은 이들을 알고 소통하지만 외롭기만 합니다.

풍요롭기에 가혹한 시대.
시대의 찬란한 빛에 눈이 멀어
우리 각각의 어둠을 보지 못하는 시대.
우리는 이토록 가혹한 시대에 살아가고 있습니다.

한숨이 도시의 동력인가 봅니다

오늘은 종일 도심을 돌아다녀야 했습니다.
급하진 않으나 중요한 일들로 인해
남들보다는 여유롭지만 제법 복잡했습니다.

그런데 오늘 하루 동안 유난히 많이 들었던 소리가 있었습니다.
마음 깊은 곳에서부터 올라온
힘 빠지는 한숨 소리가 바로 그것이었습니다.

길을 걷는 사람들에게서
커피 한잔을 사 들고 사무실로 들어가는 직장인들에게서
차를 몰고 어딘가로 향하고 있는 이들에게서
그리고 일을 처리하러 들어간 관공서의 직원들에게서도
어김없이 한숨 소리는 함께했습니다.

우리는 종종 도시의 야경을 보며 감탄합니다.
찬란하고 화려한 도시의 야경은 웅장하기까지 합니다.

그런데요.
그 찬란함의 뿌리에는 한숨이라는 동력이 있습니다.
우리의 친구, 가족, 부모님, 자녀, 그리고 우리 자신
모두의 한숨이 더해져 도시라는 기념비를 밤늦게까지 빛냅니다.

그렇게 한숨이 도시의 동력이 되었나 봅니다.

가면 시대

종종 우리들의 삶 속에서
가면이 발견될 때가 있습니다.

거리를 걸으면서도
누군가와 대화를 나누면서도
메신저를 사용하는 순간에도
누군가에게 꾸지람을 듣고 있을 때도
우리는 자연스럽게 가면을 쓰곤 합니다.

심지어 사랑하는 가족에게도
친구들에게도
그리고 연인에게도
우리는 가면을 덮어쓰고 그들을 마주하곤 합니다.

우리가 아주 어릴 때부터
우리 자신을 숨기는 법을 먼저 배웠기 때문일까요.
우리의 분노를 숨기고,
우리의 슬픔과 눈물을 숨기고
심지어는 우리의 웃음조차 숨겨왔기 때문일까요.

우리 세상 밖의 누군가가
문득 우리 세상을 들여다본다면
그에겐 가면을 가득 덮어쓴
무표정하고 차가운 우리의 모습이 보이지는 않을까요.

가면 시대.
가면을 써야 했던 시대.
우리가 만들어둔 차갑고 공허한 시대의 단면입니다.

불완전이 지닌 아름다움

기술이 발전하고 사회가 진보할수록
우리의 시선은 완전함에 집중되곤 합니다.

찬란한 과학 문명이
우리를 점차 우리의 영역에서 벗어나게 해
완전무결하기에 아름다운 신의 영역으로 이끌어 가고 있다는 생각 속에서
우리는 완전함에 매료되고는 하는 것입니다.

그러나 그것은 우리의 삶을 좀먹는 요소가 되어갑니다.
완전무결함은 여전히 불가능의 범주에 놓여있지만
우리의 이성이 그것을 성취할 수 있다고 속단하는 까닭입니다.

인간은 원래 불완전한 존재입니다.
우리는 영원불변할 수 없으며, 완전무결할 수 없습니다.
인간을 노래한 문학부터 인간을 표현한 예술까지
그 어느 것도 완전무결한 인간을 형상화하지 않았습니다.

그런데도 그 불완전함이 더해져
더욱 인간적이며 아름다움을 지닌
또 하나의 세상을 열어갔던 것입니다.

우리의 삶 역시 불완전한 것이 당연합니다.
인간이 원래 불완전한 존재이기에
우리가 만들어가는 삶 역시 끔찍이 불완전할 수밖에는 없습니다.

우리는 모든 것을 가질 수 없습니다.
우리는 모든 능력을 갖출 수도 없습니다.
그러나 그렇기에 더욱 아름다운 것입니다.

불완전함이 지닌 아름다움이야말로
인간이 완전하게 성취할 수 있는 아름다움입니다.
그렇기에 저는 삶의 불완전함을 온전히 사랑합니다.

사회를 변화시킨다는 것

우리는 흔히 옛 철학자들의 가르침이나
그들의 저서와 경전을 보면서
그저 고리타분한 이야기쯤으로 치부해버리곤 합니다.

그러나 비록 먼지가 가득할지라도
그 오래된 생각 속에는
세상을 바꾸려 시도했던 에너지가 가득합니다.

한때 세상을 움직였던 작은 생각들은
지금의 눈으로 바라볼 때 그저 한심하고 고루한 생각일지 모르지만
그것은 분명 세상을 바꾸고
개인의 삶을 변화시킬 힘을 지니고 있습니다.

사회를 변화시킨다는 것은
이러한 힘의 속성을 이해하는 것입니다.

우리보다 앞서 사회를 변화시킨 생각의 조각들은
세상을 바꾸기 전
개인의 삶을 바꾸어 냈습니다.
그렇기에 힘을 가졌고, 그렇기에 방향을 지녔습니다.

우리의 생각 역시 언젠가는 세상을 움직일 것입니다.
그러나 우리는 사회를 그렇게 변화시키기 전
반드시 누군가의 삶에 중대한 변화를 가져오게 될 것입니다.

그렇기에 사회를 변화시킨다는 것은
그저 말로만 해서는 안 됩니다.
누군가의 삶에 대한 책임감과 고민을 함께 가져야만 합니다.

우리의 작은 생각의 한 조각마저도
누군가의 삶을 크게 변화시킬 수 있습니다.

제 3장

삶에
지친
그대에게

숨 가쁘시죠?

참 지치는 일상을 자주 보냅니다.
삶의 무게가 가끔은 버겁습니다.

괜스레 처지는 발걸음을 애써 이끌고는
시들어가는 내 모습에 혼자 우시지는 않으셨나요.
현실이란 녀석의 등쌀에 치여 내 꿈을 한 조각씩 접어가는
우울한 하루를 보내지는 않으셨나요.

다른 이들의 가시 돋친 혀에 마음이 멍들면서도
애써 웃으며 자신을 다독이고
현실에 자신을 한 부분씩 포기해 나가지는 않으셨나요.

출근길 전철 흔들리는 박자에 맞춰
힘없는 몸을 흔들며 잠시간의 휴식에 달콤해하며
조용하고 소소한 하루를 시작해보진 않으셨나요.

그리고 힘겨운 하루를 모두 마친 뒤
매일 집에 돌아오는 길마다 끝을 생각하다가도
사랑하는 가족들의 잠든 모습에 힘을 얻어
또다시 내일을 다짐하지는 않으셨나요.

숨 가쁘시죠?
누군가는 그 마음을 알고 있습니다.
당신의 잘못이 아닙니다.
잘하고 있어요.

당신께 드려요

나는 그대가 더는 오늘을 팔아
내일을 사려 하지 않았으면 좋겠습니다.
미래가 값진 것처럼 현재와 지금도 귀하다는 것을 잘 알기 때문이죠.

삶의 힘든 조각을 들여다보면서도
얻지 못할 이들의 마음을 얻으려
애써 웃지 않았으면 좋겠습니다.
슬플 때 흘리는 눈물이 얼마나 따뜻한지 잘 알기 때문이죠.

힘들 때는 힘들다고 기대어 설 수 있었으면 좋겠습니다.
삶의 무게에 쓰러지는 건 무겁기보단 외롭기 때문이란 것을
잘 알기 때문이죠.

자신을 마주 보는 일이 시간 낭비라고 여기지 않았으면 좋겠습니다.
때로는 자기 자신을 위해 흐르는 시간과 눈물이 가장 고결하다는 것을
잘 알기 때문이죠.

그리고 때로는 어제를 모두 벗어두고는
하늘을 멍하니 바라보았으면 좋겠습니다.
하늘은 눈물 섞인 시선으로 바라보기엔 너무나 찬란하다는 것을
잘 알기 때문이죠.

마지막으로, 당신은 사랑받을 만한 아름다운 사람이라는 것을
알았으면 좋겠습니다.
당신은 한 번 더 살아볼 가치가 있는 사람이고,
당신은 충분히 누군가의 사랑을 받을 만한 사람입니다.

그러니 미워하기보단 사랑하세요.
그리고 아파하기보단 기다리고 기뻐하세요.
마지막으로 눈물짓기보단 웃음 지어보세요.
당신은 당신이라는 이유만으로 충분히 아름답습니다.

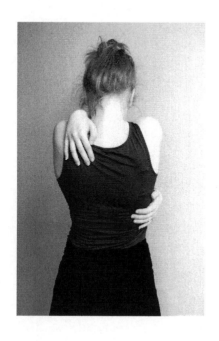

가끔은 무너져도 괜찮아요

저마다의 어깨 위에는 각자의 십자가가 있습니다.
사랑, 가족, 우정, 신앙 등 자기 삶의 목적이 바로 그것입니다.

그러나 우리는 사람입니다.
우리는 언제나 강할 수는 없습니다.
때로는 다리가 풀려 주저앉기도 하고
짓눌린 어깨가 너무나 고통스러워 멈춰 서기도 합니다.
강한 사람마저도 무너질 만큼 삶의 목적이라는 십자가가
너무도 무겁기 때문입니다.

그런데요.
많은 사람이 멈춰섬의 순간에서
자신을 탓하며 원망하곤 합니다.

가장 이기적인 사람조차도
삶 속 실패의 순간에는
자신을 미워하고 원망하고는 합니다.

혹시 당신이 멈춰서 있다면,
멈춰선 당신의 무능력함과 나약함을 원망하고 미워하고 있었다면
꼭 한번 기억해주었으면 좋겠습니다.

가끔은 무너져도 괜찮습니다.
아니, 자주 무너져도 괜찮습니다.

결국, 언젠가 당신의 십자가를 짊어지고
삶의 목적을 이뤄낼 당신임을 알기에
잠시간의 멈춰섬도 괜찮습니다.

삶은 그저 삶입니다

우리는 가끔 누군가의 삶을 동경합니다.
TV 속, 소설 속, SNS 속 화려하고 찬란한 삶을 그리며
가끔은 부러워하고, 또 가끔은 자신을 미워합니다.

그것은 우리의 삶 속에서
도저히 넘기 어려울 것처럼 보이는
어떤 벽이 다가왔을 때 더욱 그렇습니다.

어떤 이들은 그 벽에서 벗어나서
삶에 대한 도피처를 찾고자
이상적 삶을 그리기 시작합니다.

그리고 때로는
그 삶과 자신의 현실과의 차이를 찾아내고는
자신에 대한 매서운 공격을 감행합니다.

하지만 자신에 대한 미움과 원망으로는
어떠한 상황도 나아지지 않습니다.

그럴 때 우리는 삶은 그저 삶이라는 것을 기억해야 합니다.
삶은 그저 삶입니다.

삶의 순간순간이 찬란한 까닭은
삶에는 언제나 어려움과 굴곡이 있기 때문입니다.

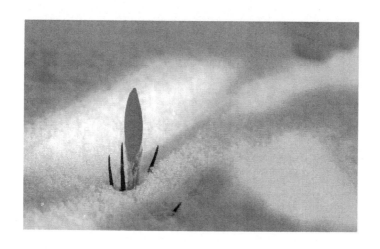

추운 겨울을 이겨내고 자라난
초봄의 꽃이 빛나는 이유는
겨울을 지나며 봄의 아름다움을 알았기 때문이며,
자신이 봄이 되었기 때문입니다.

당신의 삶은 찬란합니다.
당신의 삶이 찬란한 까닭은
지금 당신에게 닥쳐온 어려움을 결국은 이겨내고
마침내 봄이 되어 빛날 당신을 알고 있기 때문입니다.

그렇기에
삶은 그저 삶입니다.

때로는 허망합니다

어느 날 갑자기 오래전 알던 친구가
불의의 일로 우리 곁을 떠났다는 소식을 들었습니다.
그렇게 가깝게 교류하던 친구가 아니었음에도
머리 뒤편이 둔탁하게 아파져 왔습니다.

삶은 때로는 허망하기까지 합니다.
화려하게 불타오르다가도
부드러운 바람에 훅 꺼져버리곤 합니다.

그리고 삶에는 거스를 수 없는 방향성이 존재합니다.
삶의 시간에 놓인 이들은 삶의 문턱을 넘어설 수 있습니다.
하지만 문턱의 너머에서는 다시 되돌아올 수 없습니다.

그러나 꺼질 듯이 위태롭고,
다시 돌이킬 수 없도록 무기력한 삶이기에
우리들의 삶의 순간은 찬란합니다.

누군가가 우리 곁을 떠났다는 소식이 들릴 때마다
저는 차를 몰고 바닷가로 달려가서
그 날의 찬란한 노을을 눈에 한껏 담습니다.
어느 노을이 마지막 노을이 될지 알 수는 없기 때문입니다.

그리고 우리의 삶이 불안정하다는 것을 느낄 때마다
저는 소소한 즐거움이라도 찾아서
애써 웃음 지어 봅니다.

깊은 곳부터 간질이는 기분 좋은 웃음의 마지막이
언제가 될지 알 수 없기 때문입니다.

마지막이 언젠가 다가온다는 것을 기억하고
마지막의 그림자 안에서 살아가는 삶이기에
더욱 찬란하고 빛날 수 있습니다.

때로는 삶은 허망합니다.
그러나 그렇기에 대부분 삶은 찬란합니다.

주말의 여유

가끔 주말이 되면
참을 수 없을 정도로 무료해지곤 합니다.
목적도 없이 컴퓨터 화면을 껐다가 켜기도 하고,
통화할 사람도 없지만 애써 전화번호부를 뒤적여 보기도 합니다.

평일 일과를 지내다 보면 주말에 대한 계획이 많아집니다.
아침 일찍 일어나 여유로운 산책으로 하루를 열고
밀린 집안일을 금세 마무리하고는
커피 한잔과 함께 여유로운 주말을 열어가고 싶습니다.

오랜 친구들과 만나 수다도 실컷 늘어놓고
평소 먹고 싶었던 식당에 찾아가 맛있는 요리를 즐기고도 싶습니다.
서점에 들러 책에도 빠지고
오래전 가입해둔 스트리밍 사이트에서 밀린 드라마에 집중하고 싶습니다.

그런데 현실은 그게 잘 안 됩니다.
평일 일과 내내 주말을 그려온 것 치고는
초라한 주말 일과를 종종 보냅니다.

아침의 산책은커녕 일어나니 점심이 다 되었습니다.
쌓인 집안일에는 내일이 있다는 사실을 한 번 더 일깨워봅니다.
집 밖에 나가기조차 귀찮아 이불 속에 웅크리고 있기 일상입니다.

그런데 뭐 어떤가요.
여유와 안정이 있다면 그것은 휴식입니다.
주말이 가져다준 평범하고 소중한 휴식에
오늘만큼은 평소보다 더 게을러져 봅니다.

조언은 필요한 사람에게만

살아가다 보면 조언을 자주 듣게 됩니다.
아주 가벼운 습관과 상황에 대한 조언부터
크게는 인생 전체의 방향과 구조에 대한 조언까지
마치 내 삶이 모두의 스크린에서 방영되고 있다는 생각을 들게 합니다.

비록 어떤 조언은 사랑할 만합니다.
간절히 바라던 조언이 삶을 바꾸는 원동력이 될 때 그렇습니다.
내가 들을 준비가 된 다음
내게 소중하게 주어지는 조언은 구원의 손길과 같습니다.

그러나 어떤 조언은 그저 기분만 상하게 만듭니다.
내가 바라지도, 필요하지도 않았지만, 타의로 주어진 조언이 그렇습니다.
상대에 대한 배려가 없이 자기만족을 위해 행해지는 조언은
그저 상대의 몸에 칼을 꽂아 넣는 무정한 손길일 뿐입니다.

조언이, 조언이 될 수 있는 때는
상대가 간절히 필요하고, 바라는 순간뿐입니다.
만약 그런 상황이 아니라면 조언은 그저 그렇게 불리고자 애쓰는
하나의 고문과도 같습니다.

조언은 필요한 사람에게만
필요한 순간에 행해져야 합니다.
계몽의 유혹을 이겨내세요.
자기만족을 위한 조언은 그저 폭력일 뿐입니다.

친구잖아요

우리는 사회생활을 잘하는 사람이 되고자 노력합니다.
각종 처세술과 사회 기술이 담긴 책도 읽어보고
여러 선배의 조언도 귀담아들어 보곤 합니다.

그리고 그 결과 자신을 철저히 감춘
이른바 사회생활의 고수로 성장합니다.
두꺼운 가면을 얼굴에 씌우고는
언제나 진짜 자신은 뒤편에 숨깁니다.

그런데요.
그렇게 보낸 하루는 어쩐지 더욱 공허합니다.
웃으며 친하게 하루를 보낸 동료는
아무리 오랜 시간이 지나도 편해지지 않습니다.

아버지 같다며, 어머니 같다며 따르던 상사들은
언제 미움받을지 불안하기만 합니다.

그래서 우리는 친구를 애타게 찾게 되는 것 같습니다.
두꺼운 가면을 잠시 벗어던지고
자신을 드러내며 편한 시간을 보낼 수 있기 때문입니다.

왜냐고요?
우리는 친구잖아요.

삶은 사랑의 모음

사랑했던 기억을 떠올려보세요.
가족을, 친구를, 연인을, 그리고 자신을
많은 것들이 떠오르시나요?

그럼 그 많은 것들을 각각 하나의 점으로 뭉쳐보세요.
아주 작은 점 하나로.
그리고 그 점들을 모두 한 줄로 연결해보세요.

방금 그린 선이 잘 보이시나요.
그것은 바로 각자의 삶이라는 선입니다.

삶은 사랑의 모음입니다.
사랑하는 순간들이 모여 삶을 이루고,
삶의 시작부터 끝까지의 모든 구간을 우리는 인생이라고 부릅니다.

사랑하세요.
어떤 이의 삶이 다채롭지 않다면
그것은 사랑이 다채롭지 않은 까닭입니다.

나를 비운다는 것

가끔 텅 비어버린 통장 잔액을 볼 때마다
마음 한편도 텅 비어버린 느낌을 받습니다.
다리도 후들거리고, 손도 떨립니다.
참 슬프지만 제 삶은 이렇게도 연약하고 무력합니다.

그러나 텅 빈 통장에도 꼭 챙기는 것들이 있습니다.
이웃들을 위한 작은 규모의 선물입니다.
설과 추석의 자그마한 감사 선물과
매달 이리저리 내는 후원이 바로 그것입니다.

나를 위해 돈을 쓸 때는 어딘지 허탈하기만 합니다.
아무리 부어보아도 채워지지 않는 양동이를 보는 것 같습니다.
좋은 옷, 좋은 책, 좋은 차, 좋은 집 등등.
마치 하나만 바뀌면 삶 전체가 바뀔 것 같았던 그 모든 것들이
실제론 욕심만 더 키울 뿐 아무런 변화를 가져다주지 않았습니다.

그런데 남을 위해 쓰는 돈은 절대 허탈하지 않습니다.
많아질수록 즐겁기만 하고, 보람이 느껴집니다.
옷이 조금 해지고, 차가 낡고, 집이 좁아도
풍족하고 즐거운 삶이 무엇인지 느낄 수 있었습니다.

나를 비운다는 것은 즐거운 일입니다.
가을의 단풍이 자신을 비웠기에 거리가 온통 가을로 가득 찼듯이
나를 온전히 비웠기에 세상은 조금 더 따뜻해집니다.

나를 비운다는 것.
그것은 나를 찾아가는 첫 번째 열쇠입니다.

삶이라는 철학

동서고금을 막론하고 삶은 철학의 핵심 주제였습니다.
많은 철학자가 삶을 정의하고자 노력했습니다.
그리고 철학자 대부분은 그저 자신의 삶을 정의한 뒤 여행을 마쳤습니다.
그것은 삶이라는 단어가 생김새만 같을 뿐
서로 너무나도 다르기 때문입니다.

삶을 철학 한다는 것은 그만큼 까다로운 일입니다.
내가 떠올리는 삶과 남이 떠올리는 삶은 너무도 다르기 때문입니다.

누군가는 삶 속의 위기와 고난이 삶이라고 주장합니다.
그들은 언제나 역경과 고난을 딛고 성장하는 과정을 중요시 여기며,
만일 장애물이 눈앞에 놓였다면
그것은 성장을 위한 과제라고 받아들입니다.

어떤 이들은 삶이란 일상 속의 시간이라고 주장합니다.
그들은 평범함 속에 숨겨진 소소하고 소중한 행복을 중요시합니다.
그들에게 가장 소중한 가치는 현실과 행복이며,
그들은 그것을 위해 힘씁니다.

다른 이들은 삶이란 운명의 수레바퀴와 같다고 합니다.
어떤 섭리로 정해진 운명이라는 규칙에 따라
그저 그 궤도를 공전하는 과정이라고 주장하는 것입니다.

저는 삶이란 사랑이라고 생각합니다.
누군가를 혹은 무언가를 사랑하고
그것을 이뤄내는 과정이 바로 삶입니다.
누군가를 사랑한다면 그 사람은 삶의 목적이 됩니다.
무언가를 사랑한다면 그것 역시 삶의 의미이자 목적이 됩니다.

그렇기에 삶이란 가장 강렬한 사랑의 모음이며,
사랑하고 이뤄내는 모든 과정입니다.

삶에는 공식이 없습니다

확실히 명확하게도
삶에는 절대로 정해진 공식이 없습니다.

실패한 삶도, 성공한 삶도
패배한 삶도, 승리한 삶도,
심지어 행복한 삶도, 불행한 삶도 없습니다.
그저 삶은 삶일 뿐입니다.

실패만 있는 삶은 없습니다.
그것은 성공만 있는 삶이 없는 것과 마찬가지입니다.
불행만 가득한 삶은 없습니다.
다만 불행이 남기고 간 상처가 너무 커서
행복이 가져다주는 소소한 간지럼이 느껴지지 않을 뿐입니다.

그런데 어떤 이들은
우리의 삶에 누군가의 기준을 끌어다 대어보며
이리저리 공식을 만들어 절망과 슬픔으로 우리를 빠지게 만들곤 합니다.

확실히 명확하게도
그들은 삶을 제대로 모르는 철없는 이들입니다.
비록 누구보다 나이도 많고 경험도 풍부할지언정
삶에 대한 이해는 없는 부족한 이들인 셈입니다.

누군가가 삶의 공식과 기준에 관해 이야기를 시작한다면
쉽게 흘려버리세요.
그리고는 내 삶을 다독여 기준에 꿋꿋이 세워두세요.
당신보다 당신의 삶에 대해 잘 아는 이는 아무도 없으니까요.

삶이 어딘지 불안하다면

많은 이들의 불안감은
삶의 발전을 위한 동기가 되곤 합니다.
일정량의 불안감은
성장과 발전을 위한 알맞은 연료가 되는 필요악과도 같습니다.

그러나 불안감은 종종 과도하게 분출되곤 합니다.
일상 속에서도 언제나 원인 모를 불안감에 지치고,
심지어 휴식마저도 불안한 상황이 다가오곤 합니다.

그것은 일종의 불안하다는 착각입니다.
자신의 그 어느 것도 불안하지 않지만,
무언가를 위해 더 노력해야 한다는 강박적 착각입니다.

그렇다면 불안감은 어떻게 해소해야 할까요.
저는 두 가지의 것이 필요하다고 생각합니다.

먼저, 끝을 받아들여야 합니다.
그것이 어떤 노력과 능력의 한계이건,
삶의 끝이건 그것을 확실히 현실로 받아들이는 것입니다.

우리는 불완전한 인간이기에
노력으로도 안 되는 것이 분명히 존재한다는 것을 느끼고
그것을 자연스럽게 받아들이려고 해야 합니다.

다음으로, 멈춰섬에도 노력이 필요하다는 사실을 느껴야 합니다.
좋은 노래가 되려면 쉼표의 쓰임이 굉장히 중요합니다.
좋은 글 역시 쉼표와 마침의 쓰임은 중요합니다.
그리고 우리의 삶 역시 확실한 멈춰섬이 매우 중요합니다.

휴식도 노력이 필요합니다.
휴식도 발전하는 과정의 일부분 이기 때문입니다.
주말에 잠시 빈둥거렸다고 해서
삶이 모두 무너져내려 실패하는 것은 아닙니다.
가속 페달만 밟아댄 엔진이 쉽게 과열되듯이
휴식이 없어진 우리의 삶은 비참하고 숨 가쁜 시간일 뿐입니다.

삶이 어딘지 불안하다면
때로는 자신을 사랑하고 존중해보기를 권해봅니다.

나는 누구일까요

가끔 뒤척여도 잠이 들지 않는 밤이면
나에 대해 생각해보곤 합니다.
일상 속에서 낯선 나를 발견하고는
나에 대한 고민에 빠진 적도 많습니다.
그렇게 우린 가장 가깝고 익숙한 사람임에도
아직 나에 대해 잘 모릅니다.

나는 고정되어 있는 하나의 물체가 아닙니다.
끊임없이 흘러가고, 변화하고, 때로는 변질합니다.
우리는 세상 속에서 누군가의 자녀입니다.
누군가의 배우자이며, 연인이고, 가족이며 원수이기도 합니다.
그렇게 우리는 세상 속에서 끊임없이 자아를 만들고
수많은 나를 교환하곤 합니다.

그러나 그 모든 조각을 모두
나라는 하나의 범주로 묶는 큰 고리는 분명히 존재합니다.
그렇기에 우리는 자신 있게 나를 나라고 부를 수 있으며,
그 모든 성질 간의 공통적 행동 양상을 만들어 갈 수 있습니다.

참 어렵기만 합니다.
그러나 확실한 것은
이 세상에 존재하는 모든 나를 하나로 묶어주는 고리는
지금 이 순간은 바로 당신이라는 점입니다.

결국, 당신을 사랑할 수밖에 없는 것을 나라고 한다면
나는 비로소 나를 찾을 수 있었습니다.

모든 것이 내 마음대로 되지 않을 때

삶의 여러 순간마다
어떤 것도 내 마음대로 되지 않는다고 느끼고는
주저앉고 싶을 때가 찾아오곤 합니다.

처음에는 실수가 잦아지며 자존감이 낮아지지만
시간이 지나면서 점점 모든 일이 실패로 다가갑니다.
밤낮으로 계속되는 고민과 의기소침함은 급기야 건강마저 앗아갑니다.

그럴 때마다 주변에서 다가오는 조언과 위로에
되려 힘이 빠지기도 합니다.
종종 그들은 이미 알고 있는 실수와 단점을 다시 꺼내 올려 지적하고
자신을 바로 알라며 애써 반성의 자리로 우리를 던져놓으려고 합니다.
가끔은 세상에 재판장들이 지나치게 많다는 생각도 듭니다.

그러나 가끔 찾아오는 실패와 위기의 때마다
주변과 조언에 편승해 자신을 미워하는 방법은 옳지 않습니다.
그 모든 것들은 그저 찾아왔을 뿐입니다.

가을이 가고 겨울이 왔다고 해서
나무가 자신을 미워하지 않듯이
우리들의 삶 속의 겨울이 찾아왔다고 해서
우리가 우리를 미워해야 할 까닭은 없습니다.

모든 것이 내 마음대로 되지 않는다고 느껴질 때
그때가 바로 자신을 믿고 사랑할 때입니다.

외로운 세상에 홀로 던져진 자신을
가장 추운 시간 동안 절대로 혼자 두지 마세요.

언젠가 이 시간이 지나고 나면 반드시 봄이 옵니다.
봄을 기다리며 자신을 꼭 끌어안아 주세요.

지금 잘하고 있어요

삶에 그림자가 다가왔을 때
우리의 마음은 조언보다는 응원과 위로를 원하곤 합니다.

우리가 삶의 순간마다 넘어지는 까닭은
다시 일어나는 법을 알지 못해 그런 것이 아닙니다.
그저 다시 일어나기까지 시간과 힘이 필요한 것뿐입니다.

그런데 세상은 종종 우리에게 다시 일어나라며 윽박지르곤 합니다.
그리고는 우리가 넘어진 까닭에 대해 세세히 나열하며
우리를 꾸짖고 혼내는 데에 많은 시간을 쏟으려 합니다.
그렇기에 어두운 순간 세상은 우리를 더욱 힘 빠지게 합니다.

그러나 삶의 그림자가 우리 곁에 다가왔을 때
우리가 그것을 이겨내고 다시 일어설 수 있도록 해주는
가장 강력하고 힘 있는 말은 하나뿐입니다.
그리고 바로 그 말을 당신께 드리고 싶습니다.

당신은 지금까지 숨 가쁘게 뛰었고 그거면 된 거예요.
지금 잘하고 있어요.

그저 그렇게 있어 주세요

때로는 사랑하는 사람들이
삶의 문턱에 걸려 신음하며 주저앉는 것을 봅니다.

내가 사랑하는 어떤 이가 울음소리를 애써 누르며
조용히 어둠 속에서 울고 있는 것을 보았을 때
항상 온 마음도 함께 무너집니다.

그럴 때마다 무언가 힘이 되어주고 싶다는 생각을 하게 됩니다.
어깨에 손이라도 둘러주고
머리라도 조용히 기댈 수 있게 해주고 싶습니다.

그것은 가벼운 위로보다 더 힘이 되고
결국, 스스로 힘을 차려 길을 떠날 채비를 하도록
믿어주고 지켜주는 일이기 때문입니다.

심지어는 그렇게 하지 않아도 괜찮습니다.
그저 우는 이의 곁에 오래도록 있어 주는 것.
세상의 모든 것들이 자신을 버린 것 같이 느껴질 때도
당신만은 언제나 거기 있어 줄 것이라는 믿음을 보여주는 것.

그래요.
가벼운 위로 한마디 후 떠나버리는 냉랭함보다는
그저 그렇게 있어 주기만 하면 됩니다.

나를 사랑해야죠

많은 사람이 행복에 관해 이야기합니다.
그들은 저마다의 경험과 생각을 들어가며
행복의 조건과 모습에 대해 말합니다.

그리고 그 말미에는 언제나
우리가 행복하지 않은 이유로 무언가의 결핍을 이야기합니다.
예컨대 돈, 건강, 연인, 취미생활 등
삶을 빛내주고 칠해줄 많은 요소가 결핍되었기에
우리는 필연적으로 불행하다고 말합니다.

물론 무언가의 지나친 결핍은 우리를 불행으로 이끌곤 합니다.
우리의 삶의 요소 중 무언가 극심하게 결핍되었을 때
우리는 슬퍼하거나 고통스러워합니다.

그러나 때로는 결핍이 불행의 원인이 아니기도 합니다.
사실 생각보다 많은 경우에 그렇습니다.
대부분 우리 삶의 불행은 우리의 겁과 불안감에서 야기됩니다.
그렇기에 불행과 행복의 씨앗은 거의 우리의 마음속에 있곤 합니다.

불행은 나를 찾아오는 것이 아닙니다.
그저 내가 약해진 어느 순간
우리는 우리의 마음속에서
불행의 작은 씨앗을 발견하고는 하는 것입니다.

만일 일상이 불행하다고 느껴지신다면
조용히 마음을 돌아보세요.
그리고는 마음속에서 지나치게 불안해하고 지나치게 겁내는
작은 나를 조용히 안아주세요.

불행에 자주 빠진다고 해서
슬픔 속에서 헤어나오기 어렵다고 해서
스스로 다그치거나 미워하지는 마세요.
당신만큼 당신을 사랑할 수 있는 존재도 없으니까요.

제 4장

사랑에
지친
그대에게

사랑입니다 사랑이에요

사랑이 우리에게 다가올 때
'안녕하세요. 사랑입니다.'하며
두 손 번쩍 들고는 와주면 좋을 텐데

조심스럽게 다가와서는
속삭이지는 않고 조용히
그저 눈빛으로만, 손짓으로만
마음을 온통 간지럽게 하고는

'나 이제 갑니다.' 말도 없이는
어느 날 발자국만 남기고
그렇게 사라져 버립니다.

그래요 지금 그거
사랑입니다.
사랑이에요.

사랑은 이월되지도 않는데

사람에게는 여러 그릇이 있습니다.
용서와 관용의 그릇
인내의 그릇
분노의 그릇
그리고 가장 중요한 사랑의 그릇

그런데 사랑의 그릇은 너무도 커서
한 생을 쏟아부어서 채워도
늘 가득 차지는 못하고
밑바닥에 조금 찰랑거리기만 합니다.

이왕 다 채우지 못하게 된 거
사랑은 이월되지도 않는데
그릇에 한 방울도 남지 않은 이들에게
아낌없이 부어줘 보면 어떨까요.

어쩌면 받은 사랑이 출렁거릴 때는 몰랐던
맑은 그릇 바닥에 비춘
넉넉한 보름달의 웃음을
발견하게 될지도 모르니까요.

사랑은 모두 첫사랑이죠

사랑이 다가오면
우리들의 계절은 이유 없이 봄입니다.

까닭 없이 웃고
때로는 눈물 젖은 봄비를 내려
꽃잎의 먼지를 깨끗이 씻어주고는
따뜻한 바람으로 날려줍니다.

사랑이 다가오면
그 사랑으로 말미암아
새로운 시절이 시작됩니다.

사랑은 아침을 열어주고
늦은 밤을 닫아주고
하루 온 시간을 흘러가게 해줍니다.

사랑이 처음 우리 곁에 왔을 때
그렇게
사랑은 모두 첫사랑이 됩니다.

횡설수설

사랑을 말할 수 있다는 것은
수많은 사람이 바라는 행운입니다.

사랑의 확률을 계산해보면
여름은 아니고 초봄에 눈이 올 확률과 같다고나 할까요.

그렇기에 우리의 대부분의 사랑은
쉽게 찾아와서는
차마 입 밖으로 나와보기도 전에
어렵게 끝이 나버리고 맙니다.

사랑이란
한 사람의 인생과
전혀 다른 사람의 시간이 서로 만나
미세한 시간의 교집합을 만들어내어
각자의 하루를 서로의 시간으로 채워나가는 과정입니다.

따라서 사랑한다는 것
사랑을 말하고 듣는다는 것은
기적 같은 확률을 뚫고 일어난 일입니다.

자 그래요
다 계산할 수 없는 변수와 상수는 제쳐 두고
너무 복잡하기에 차마 말로 다 할 수는 없지만

사랑해요.
당신을 사랑합니다.

같은 길 위에 있고 싶어요

세상에는 아름다운 길들이 참 많습니다.

꽃향기가 그윽한 봄의 산책로
녹음 우거진 속에 햇살이 기분 좋은 초여름의 공원길
가을 낙엽이 조용히 어깨에 내려앉는 캠퍼스 안길
고요히 눈이 덮인 차분한 옛 철로길

듣기만 해도
가만히 미소지어지는 기분 좋은 길입니다.

그런데 오늘의 저에게는
그 모든 것들이 눈에 들어오지 않습니다.
너무도 걷고 싶은 길이 생긴 까닭입니다.

비록 흙먼지만 가득하고
온통 가시덤불에 둘러싸여 있더라도

한 사람을 따라서
인생을, 그 시간들을
수없이 함께 걸어보고 싶습니다.

그대와
늘 같은 길 위에 서 있고 싶습니다.

사랑을 쓴다는 것은

사랑이라는 단어를 처음 배울 때
그것은 단지
평범한 모음과 자음의 조합인 줄로만 알았습니다.

시옷으로 시작해서 이응으로 끝나는
우리 말의 한 단어인 줄로만 알았습니다.

사랑이라는 말을 처음 배울 때
우리는 사랑이 무엇인지는 배우지 못했습니다.

제대로 배우지 못한 사랑이
어느 날 제게로 성큼 다가왔을 때
배워본 적 없는 생소한 그것이
바로 사랑인 줄은 알지 못했습니다.

습관처럼 사용해오고
종이가 다 닳아지도록 써왔던
바로 그 사랑이 사랑인 줄은 몰랐습니다.

그렇기에 이제는 알고 있습니다.

사랑을 쓴다는 것은
마음을 쓴다는 것이고
삶을 쓴다는 것이며
전부를 쓴다는 것입니다.

이제 쓰는 사랑이 가볍지 않음은
단지 자음과 모음만을 알지 않고
사랑이 사랑인 줄 잘 알기 때문입니다.

우는 시간도 사랑입니다.

사랑할 때면
우리는 자주 울고는 합니다.

그 사람에게 서운해서
그 사람에게 토라져서
때로는 그 사람에게 확실한 사랑의 향기가 나지 않아서
그렇게 눈물을 흘리곤 합니다.

흘린 눈물의 무게가 늘어날수록
사랑의 거리는 점점 멀어집니다.

몸이 떠나고
마음이 떠나고
사랑도 떠납니다.

그런데요.
눈물은 끝이 아닙니다.
지나고 보니
우는 시간도 사랑입니다.

눈물의 뿌리가 끝마침에 있는 줄 알았건만
눈물마저도 사랑에서 나오는 줄을
다 지나고 난 후에야 알게 되었습니다.

역시
가장 지혜로운 것은 시간입니다.

기다림 속에도 사랑의 맥박은 뜁니다.

기다리는 시간은 마냥 지루합니다.
누군가를 기다리는 것은
무언가를 하지 않고서는
도저히 참을 수 없는 지루함입니다.

그런데요
누군가를 사랑한다는 것은
그 기다림의 시간마저도 지루하지 않게 만들어 줍니다.

한 사람을 기다리면서
기분 좋은 떨림과 설렘으로
시간을 온통 물들여 보신 적이 있나요.

사랑한다는 것은
온전히 나의 것이었던 시간을
그 사람의 시간으로 바꾸어 나가는 일입니다.

온전히 나의 것이었기에
그저 지루하기만 했던 기다림조차도
그 사람의 것이 되어버린 시간 속에서는
그저 달콤하고 즐겁기만 합니다.

그렇게
기다림 속에도 사랑의 맥박은 뜁니다.

기다리다가 놓치지는 마세요

사랑은 확실히 다가오지는 않습니다.
자욱한 안개 저편에서
살며시 다가와서 조심스럽게 곁에 앉는 것
너무도 미세한 호흡에
어쩌면 알아차리기도 전에 사랑은 떠나버리고 맙니다.

그러나 사랑을 기다리는 사람들이 있습니다.
그저 멍하니 간이역 의자에 앉아
언젠가 떨어질 봄 꽃잎을 기다리며
하염없이 시간을 보내는 이들이 있습니다.

사랑이 옆에 앉아서
가느다란 숨을 내쉬고 있음에도
그 기적 같은 만남이
바로 그 곁에서 숨 쉬고 있음에도
하염없이 봄 꽃잎 떨어지기만을 기다리는 이들이 있습니다.

사랑을 그저 기다리지는 마세요.
그 기적 같은 만남을
기다리기만 하다가 놓아 보내지는 마세요.

비록 떨어지는 꽃잎으로 다가오지는 않더라도
사랑은 간이역 의자 위 당신 곁 어딘가에 앉아서
그 작은 목소리로
당신을 애타게 부르고 있을지도 모릅니다.

가장 어려운 것도 사랑입니다.

가을의 문턱에 다다른 학기의 어느 날
세월이 곱게 내려앉은 따스한 노교수님은
나른한 출석으로 하루의 철학을 열었습니다.

젊음의 생생한 공기를 들이마시며
노교수님은 문득 웃음을 지었습니다.

"여러분 제가 재미있는 이야기를 하나 하지요. 세상에서 가장 쉬운 일
이 무엇인지 아세요? 어디 앞에 있는 학생, 어떻게 생각하나요?"
그러자 당황한 학생은 이렇게 답합니다.
"어른들이 공부가 제일 쉬웠다고 하는데요. 공부가 제일 쉽습니다."

그러자 교수님은 크게 웃고는 다른 학생들을 지목해
같은 질문을 했습니다.
학생들은 저마다 잠, 식사, 노동, 운동 등과 같은 답변을 내놓았습니다.

교수님은 교실을 쭉 돌아보시고는 껄껄 웃으시며 말씀하셨습니다.
"여러분, 제가 생각했을 때 가장 쉬운 일은 사랑하는 것이에요. 얼마 전 내 손주가 태어났는데, 그 아이가 아무것도 하지 않아도 얼마나 사랑스럽던지. 요즘 참, 사랑에 빠지기가 쉽구나 하는 생각을 해요."

그러더니 교수님은 조용히 다음 말씀을 이어가셨습니다.
"그런데요. 사랑은 가장 어려운 것이기도 합니다. 사랑한다는 것은 나의 몫을 내려놓는 과정이거든요. 예전 제 아내와 결혼을 할 때 저는 아내를 사랑하기 위해서 원래 나의 몫이었던 시간과 자유를 내려놓았어요. 그리고 이제 손주를 보니 그동안 애써 지켜왔던 체통과 근엄함을 다 내려놓게 되더군요. 하하"

그렇습니다.
세상에서 가장 쉬운 일은 사랑하는 일입니다.
누군가를 사랑한다는 것만큼 쉬운 일은 없습니다.

그러나 또한
세상에서 가장 어려운 일 역시 사랑하는 일입니다.
누군가를 사랑한다는 것만큼 어려운 일도 없습니다.

가장 쉬운 것도, 가장 어려운 것도
결국은 다 사랑입니다.

나를 남기지 않는 일

사랑은 채워짐인 줄 알았습니다.
사랑의 과정으로
텅 빈 마음을 채우기를 바랐고
삶의 빈틈을 꼼꼼히 채울 수 있기를 바랐습니다.

그러나 사랑은
채워짐보다는 비움과 내려놓음이었습니다.

사랑하기 위해서는
나를 온전히 내려놓아야 했습니다.

그리고는 그 자리까지도
온전히 그 사람으로 가득 채워야만 했습니다.

나의 시간이 그 사람의 시간이 되기를 바랐고
나의 자존심이 그 사람의 자존심이 되기를 바랐으며
나의 눈물은 언제나 그 사람을 위해 흐르기를 바랐고
나의 마음이 그 사람의 마음이 되기를 바랐습니다.

그러나 사랑의 포식자는 시간이었습니다.
시간은 나의 시간을 다시 나에게로 돌려주었고
자존심과 눈물, 그리고 마음 모두 내게로 돌아왔습니다.

나의 시간이 다시 나의 시간이 되었고
나의 자존심도 그러했으며,
나의 눈물은 다시 나를 위해 흘렀습니다.
결국, 나의 마음이 다시 나의 것이 되던 날
사랑은 더는 사랑이 아니었습니다.

사랑한다는 것은
나를 남기지 않는 일입니다.
나를 남기는 일은
사랑이 아닙니다.

사랑에는 체면이 없습니다

아주 어릴 때는 사랑한다는 말이 습관이었습니다.
아침에 일어나서 부모님께
학교에서 마주한 짝꿍과 친구들에게
넉넉한 선생님의 웃음에도
언제나 사랑은 습관이었습니다.

그러나 마음이 차가워진 탓일까요.
도시의 공기가 특별히 서늘한 이유일까요.
세상 온도에 적응해버린 사랑의 맥박이
세월이 지나갈수록 좀처럼 뛰지를 않습니다.

오늘은 유난히 거울 속의 내가 서글픕니다.
넘쳐나던 사랑의 고갈이 불러온 가뭄은
쩍 갈라진 흉터가 되어
온 거울에 가득 비추어 보입니다.

체면의 탓이었을까요.
유난히 별난 체면이라는 놈이
그 쉬운 사랑이라는 단어를
남몰래 갉아먹고 있었기 때문일까요.

어릴 적 부치지 못했던 누군가에게로의 편지의 뒷부분
'사랑하고 축복합니다.'라는 맺음말과
그 티 없는 이미 지나온 내가
축 처진 채로 오늘을 살아가는 나를
오늘따라 유별나게도 울립니다.

사랑은 쓰기 어려워요

사랑에 관해 쓰는 것은
사랑하는 것보다 더 어려운 일입니다.

그것은 사랑이 지나간 발자국이
마음의 어떤 부분에는
깊은 생채기로 아직도 남아 있기 때문입니다.

그러나 우리는 사랑을 써야 합니다.
사랑을 쓴다는 것은
우리들의 일상을 쓴다는 것이고
삶을 쓴다는 것이며
우리들의 하루의 조각을 쓴다는 것이며
순간의 행복을 잘 담아 풍선 가득 싣고는
저 하늘 너머로 날려 보내는 일인 까닭입니다.

사랑을 쓴다는 것은
상실의 슬픔과 인내의 고통을 마주하는 일이나.
순간의 미소를 곱게 싸
누군가의 이부자리에 슬그머니 펼쳐두는 일입니다.

사랑이 남기고 간 발자국이 깊은 계곡이라면
우리는 기어코 사랑을 써야 합니다.
비록 사랑은 쓰지만, 사랑을 써야만 합니다.

사랑을 쓴다는 것은
슬픔에 더는 슬픔이라는 이름표를 붙이지 않고
추억이라는 새로운 이름을 선물하는 일입니다.

사랑은 전쟁이 아닙니다.

가끔 길을 걷다 보면
심심치 않게 서로 싸우는 연인들을 볼 수 있습니다.

서로 언성을 높이며
마침내는 눈물까지 글썽이면서
서로의 마음에 온갖 생채기를 덧씌웁니다.

그러나 사랑에는 이기고 짐이 없습니다.
사랑한다는 것은 마주 보는 일이 아닙니다.
마주 보면서 서로의 갈 길을 막고
상대방에게 내 방향을 강조하는 것은 결코 사랑이 아닙니다.

사랑에 이기고 짐이 없는 까닭은
사랑한다는 것이 어깨를 나란히 두고
같은 방향을 바라보는 일이기 때문입니다.
같은 방향으로 함께 걸어가는 것이 사랑입니다.

마주 보고 함께 걸어가려 하면
기필코 한 사람은 걸려서 넘어지게 됩니다.
두 사람 중 하나는 반드시 뒷걸음질로 걸어야만 합니다.

그렇기에 사랑은 함께 걸어가는 것입니다.
서로가 넘어지지 않게 버팀목이 되어주면서
그렇게 같은 방향으로 묵묵히 걸어가는 것입니다.

사랑에는 이기고 지는 것이 없습니다.

어려우나 무겁지는 않은

사랑한다는 것, 사랑받는다는 것은
정말로 기적 같은 일입니다.

그러나 기적은 기적적으로 이루어지지는 않는다고 했던가요.
사랑은 기적이지만 기적적으로 이루어진 것은 아닐 것입니다.

사랑은 기적이기에 이르기 어려운 것입니다.
사랑으로 이르는 과정은 험하고
때로는 숨이 가빠오는 거친 길입니다.

그러나 사랑은 전혀 무겁지 않습니다.
사랑을 떼어 맨 두 어깨는
비록 숨이 가쁘고, 때로는 넘어질지라도
사랑의 무게에 신음하지는 않습니다.

때로는 거친 물살에 휩쓸리면서도
기어코 헤엄쳐서 약한 호흡을 되찾는 까닭에는
사랑이 목적이 되어주기 때문이며,
나의 삶이 오직 사랑에 메여있기 때문입니다.

이렇게 보면 사랑만큼 가벼운 것이 없지만
또한, 사랑만큼 어려운 것도 없습니다.
어려우나 무겁지는 않은 그것
그것이 바로 사랑입니다.

사랑 그리고 계절

사랑만큼 계절을 타는 것도 없습니다.
유독 봄이면 괜스레 심통이 납니다.
꽃향기가 너울대는 공원을 바라보고 있자면
왠지 모를 부아가 터져 나오곤 합니다.

여름이면 뜨겁게 달궈진 공기에 부채질하며
편한 마음으로 누군가를 만나보고도 싶습니다.
옷이 가벼워지니
마음도 가벼워지나 봅니다.

그리고 가을이 우리 곁을 찾아옵니다.
가을에는 왠지
떠난 이에 대한 아린 기억이
낙엽 한 무지마다 한 발자국씩 가까이 다가옵니다.

마침내 찾아온 겨울
겨울은 시리면서도 가장 따뜻한 계절입니다.
누구나 따뜻함을 찾아서 헤매는 겨울은
포근한 사랑이 그리워지는 시간입니다.

계절이 누가 말하지 않아도 흘러가듯이
사랑도 그렇게 흘러가고는 합니다.

그러나 또 이 봄이 떠나버렸다고 해도
다음의 봄이 우리를 기다리듯이
또 다음의 사랑 역시
우리를 그렇게 기다려줍니다.

겨울이 저물어가는 창밖
오늘따라 어디선가 꽃 내음이 실려 오는 듯합니다.
또 다른 사랑이 오고 있는 탓일까요.

선율 속의 울림

노래를 듣다 보면
그 아름다움이 어디서 오는 지 문득 궁금합니다.

사랑을 노래하는 감동적인 가사일까요?
아니면 음과 음의 조화가 바로 그것일까요?

여하튼 마음을 파고드는 선율 속에는 울림이 있습니다.
때로는 웃음으로, 때로는 눈물로
선율은 그렇게 세상을 그려나갑니다.

오늘은 유독 귀를 사로잡는 선율이 하나 있습니다.
선율이 사랑을 그린 탓일까요?
아니면 사랑이 선율을 만들어낸 탓일까요?
사랑이 선율 그 자체로 빚어진 것일까요?

사랑에도 선율이 있다면
그 속의 울림은 순간순간일 것입니다.

시간이 포개어져 선율을 만들고,
선율은 다시 사랑을 그려 냅니다.

삶의 모든 것은 결국 사랑이라고 하던데
그렇다면 삶의 모든 것을 선율이 그려 낼 수 있는 셈입니다.

그래서 저는 음악을 사랑합니다.
그리고 음악이 그려 낸 세계 역시 사랑합니다.

사랑의 응답

대부분의 사람이 흔한 생각으로는
사랑의 밝은 모습, 따뜻한 온도만을 떠올립니다.
그런데 사랑에도 그림자가 있을까요?

모든 빛에는 그늘이 존재합니다.
밝은 곳이 있다면 반드시 밝지 않은 곳이 있기 마련입니다.
우리는 그곳을 그림자 또는 응달이라고 부릅니다.

사랑에도 그림자가 있습니다.
사랑이 뜨겁게 불타오를수록
그 반대급부인 그림자도 더욱 짙어집니다.
그것은 사랑이 실재하며 작용하기 때문입니다.

누군가를 진심으로 사랑할 때
그 반대급부로 누군가를 소유하고자 하는 독점욕과
누군가를 내가 원하는 대로 움직이고자 하는 지배욕도 발생합니다.

그렇기에 누군가를 소유하고자 하는 마음과
누군가를 내가 원하는 대로 움직이고자 하는 마음이
모두 사랑은 아닙니다.
그저 사랑의 반대급부로 탄생한 사랑의 응답일 뿐입니다.

우리의 그림자가 우리는 아니듯이
사랑의 그림자 역시 그러합니다.

사랑에도 그림자가 있습니다.
다만 그림자를 사랑으로 착각해서는 안 됩니다.
그것은 다만 사랑의 응답일 뿐입니다.

언어로 사랑을 표현할 수 있을까요

사랑이라는 단어 속에는 많은 의미가 있습니다.
남녀 간의 사랑, 친구 간의 우정, 가족 간의 사랑 등
사랑이란, 이익 관계를 제외한다면
관계를 형성하는 데에 무엇보다 중요한 연결고리입니다.

그러나 사랑이라는 단어는 주로 좁은 뜻으로 사용됩니다.
남녀 간의 사랑이 바로 그것입니다.
너무도 많아진 매체의 자극적인 연애관이 빚어낸
좁은 시야의 사랑입니다.

여러 매체 속에서는 남녀 간의 사랑에 대해
세밀하고 치밀하게 묘사합니다.
대부분, 두 사람이 극한의 행복 속에서
완전한 사랑을 결국 찾아 서로를 얻어내는 내용입니다.

그러나 현실 속에서 사랑은 그저 사랑만이 아닙니다.
사랑은 과정의 통칭입니다.
사람과 사람이 서로 만나 정서적으로 교감하면서
자신과 같은 모습을 찾아 공감하고
자신과 다른 부분을 찾아 보충하는 과정입니다.

그 대상은 꼭 남녀에 국한되지 않습니다.
가족으로부터, 친구들로부터, 심지어는 우리가 사랑하는 자연으로부터
우리는 많은 행복을 찾을 수 있고
사랑의 본디 의미를 느낄 수 있습니다.

그런데요.
이것 역시도 사랑은 아니었습니다.
형태를 가지고 있지 않은 사랑을
언어라는 형틀에 애써 묶어보려 하는 제가
오늘따라 유독 부끄럽습니다.

사랑을 적는 것보다 사랑하는 것이 더 낫습니다.
사랑은 아는 것이 아니라 행하는 것입니다.

제 5장

이별에
지친
그대에게

인연의 매듭은 풀리지 않습니다

예전에 함께하던 고양이가 멀리 떠나버린 적이 있습니다.
그저 제 곁에만 없는 것이라면
어디든 행복하게 잘 살아주라며 웃어줄 수 있었을 텐데

조그마한 몸이 뻣뻣하게 굳은 채로
그렇게 제 곁을 너무도 급하게 떠나가 버렸습니다.

그날부터 며칠을 몰래 울었습니다.
겉으로 내색하지는 않았지만
마음속으로 많은 정을 붙였던 녀석이라서
그렇게 혼자 떠나간 것이 못내 가엾고 안타까웠습니다.

배웅이라도 해줄 수 있었다면 좋으련만
뜨거운 여름 태양 빛 아래에서
애타게 울었을 녀석이 자꾸만 아른거렸습니다.

그렇게 그 녀석은 제 생의 첫 이별로
마음속 깊은 곳에 남았습니다.

그 일을 통해서 저는 인연은 묶이기도 어렵지만
풀리기도 어렵다는 것을 깨달았습니다.

인연을 맺는 것은 어려운 일입니다.
서로 다른 굵기와 길이를 가진 끈 두 개를 서로 묶는 일은
너무나 어려운 일입니다.
그렇지만 한번 단단히 묶인 인연을 다시 풀어내는 것은 더욱 어렵습니다.

그렇게 단단히 매듭지어진 인연 탓에
오늘도 제게는 녀석의 자그마한 몸이 아른거립니다.
때로는 인연의 발자국이 시간을 이기나 봅니다.

이별도 아름다울 수 있습니다.

예전에 함께 교류해오던 한 선생님의 비보를 접한 적이 있습니다.
워낙 젊고 건강한 분이라서 처음에는 사실이 아닌 줄 알았습니다.
장례식장으로 가는 발걸음 내내
소식이 잘못된 것이기를 바랐습니다.

그러나 기적은 기적이기에 쉽사리 일어나지 않는다는 것을 배웠습니다.
예쁜 꽃 속에서 밝게 웃고 있는 그 모습에
까닭 없이 뺨이 젖어들었습니다.

문득 고개를 돌리니
막, 말을 배운 아이가 손장난하며 앉아있었습니다.
이제 막 아버지의 언어를 배웠을 아이가
남은 시간 동안 얼마나 자신의 말 속에조차 남아 있을
아버지의 향기를 그리워할지

아직 이별이 무엇인지 배우지 못했을 아이가 감당하기에
너무도 버거운 짐에 다시 한번 울컥했습니다.

집으로 돌아와 울적한 마음을 달래려
오랜만에 들어가 본 SNS에는 그분과의 작별인사가
곳곳에서 벌어지고 있었습니다.
한 사람의 떠남에도
수많은 이별이 존재했습니다.

이별은 참 슬픈 일입니다.
누군가를 떠나보낸다는 것은
그 사람과 함께한 나의 모든 세계가 무너진다는 의미이며
그 사람과의 모든 시간이 현재를 떠나
추억이라는 이름으로 바래기 시작한다는 의미이기 때문입니다.

그러나 동시에 누군가의 이별은 아름답습니다.
일평생 향기를 내뿜고 살다 떠나간 이들은
비록 아프지만 아름다운 이별을 가져다줍니다.

누군가를 위하여 웃음 짓기는 쉽지만
누군가를 위해 눈물 흘리기는 어려운 법입니다.
그리고 아름다운 이별에는 언제나 눈물이 있습니다.

그렇습니다. 이별도 아름다울 수 있습니다.

이별을 위한 시간

가끔 세상과의 이별을 떠올리곤 합니다.
언젠가 이 세상의 빛나는 햇살
문득 창밖에서 날려오는 낙엽 지는 냄새
그리고 저 멀리 놀이터의 아이들 웃는 소리
우리가 사랑하던 모든 것들과 이별하는 날이 옵니다.

어쩌면 그것은 차를 몰고 집으로 향하는 길일지도,
친구와 한가하게 세상 사는 이야기를 하던 도중일지도,
내일 아침의 약속을 떠올리며 설레는 마음으로 잠들 밤일지도 모릅니다.
그렇게 이별은 우리와 가까이 있습니다.

그러나 이별은 불가항력적인 것입니다.
우리는 이별을 우리 힘으로 쫓아낼 수는 없습니다.
그저 이별은 끝을 말하고 있을 뿐이고,
우리는 그 끝이 지금 찾아오지 않기를 바랄 뿐입니다.

하지만 이별은 우리의 삶을 아름답게 칠해주기도 합니다.
새로운 인연과의 만남이 아름다운 이유는
언제나 만남의 끝에는 이별이 있다는 사실을 알기 때문입니다.

부모가 자식을, 자식이 부모를 애틋하게 아끼는 까닭은
언젠가 서로가 서로의 곁을 떠나야만 한다는 사실을
많은 시간을 통해 알아버렸기 때문입니다.

이별은 슬픈 끝이지만,
슬픈 끝이 있기에 순간의 아름다움은 배가 됩니다.

그렇기에 우리는 다가오지 않은 이별을 슬퍼하고만 있어서는 안 됩니다.
그저 마음 한편에 이별이 언젠가 오리라는 것을 깨닫고
그 사람과의 순간의 아름다움을 만끽합시다.

삶의 한 순간순간은 모두
이별을 위한 시간이기 때문입니다.

당신이 있어 줘서 고마웠습니다

어느 노부부의 작별인사를 본 적이 있었습니다.
젊은 날부터 한평생을 함께 해오며
삶의 언덕을 함께 넘어온 두 사람이
다시 만남을 기약하며 헤어지는 순간이었습니다.

정정하신 할머니가 할아버지의 손을 붙잡고는
싱긋 웃으시며 말씀하셨습니다.
"당신, 당신이 있어 줘서 고마웠습니다. 우리가 많이 싸웠지만, 또 그만
큼 오랜 시간 동안 붙어서 한 몸으로 지내다 보니 정도 많이 들었나 봅
니다. 먼저 가서 기다려요. 내 시간도 저물어가네요. 거기 가서 허리도
펴고 주름도 다리고 해서 행복하게 삽시다."

그러자 말도 잘 못 하시는 할아버지는
힘없는 입을 열어 말씀하셨습니다.
"먼저 가서 오래 기다려도 되니까. 당신은 천천히 자식들 효도도 다 받
고 세상 좋은 것들 많이 먹고, 예쁜 것들 잔뜩 보고 천천히 오소. 나중
에 와서 이야기나 많이 해주소."

깊은 사랑이 있다면 이별은 이별이 아닙니다.
이별은 다시 만남의 기다림일 뿐이고,
사랑하는 이를 만나러 가는 설렘일 뿐입니다.

언젠가 끝이 다가왔을 때
슬프지만 아름다운 이별이
삶의 마지막을 장식할 수 있으면 좋겠습니다.

이별도 잘해야 합니다

최근 부쩍 언론에서
헤어진 연인에 대한 잔혹한 보복사례가 들려옵니다.

한때 사랑하던 이가 맞나 할 정도로
잔혹하고 파렴치하며 무자비합니다.

이것은 사랑을 바라보는 우리에게
이른바 '만남 제일주의'가 자리 잡고 있기 때문입니다.

여러 매체는 만남에 대해 주로 다룹니다.
사랑의 여러 과정이 있지만, 극적이며 기적적인 만남을 통해
많은 이들에게 만남에 대한 환상을 심어줍니다.

그러나 현실 속에서
이별은 만남보다 더 중요합니다.

만남이 자신의 모든 것을 상대에게로 돌리는 과정이라면
이별은 상대와의 시간을 사랑하고, 자신을 사랑하는 과정입니다.

그러나 만남의 과정에서는 사랑과 헌신이 있다면
이별의 과정에서는 원망과 노여움이 있을 가능성이 큽니다.

헤어짐이라는 실망이 분노로 바뀌며,
이별이라는 고통이 원망으로 바뀌기 때문입니다.

그렇기에 만남보다 이별이 더 중요합니다.
이별은 상황을 그대로 보아야 합니다.
이별의 책임을 상대에게도, 자신에게도 미루지 말아야 합니다.
그저 만남의 끝에 항상 있을 이별이 찾아왔고,
그것에 함께 오는 슬픔과 고통을 그대로 마주 보아야 합니다.

이별도 참 잘해야 합니다.

웃으며 떠나보내면 어떨까요

삶을 살아가면서
부쩍 많은 이별을 경험하게 됩니다.

어떤 이들과는 서로 얼굴을 붉히며
옛 인연마저도 부끄럽다는 듯이 멀어집니다,

어떤 이들은 눈물을 가득 흘리며
쉽게 놔주지는 못한 채로 소매를 꼭 붙잡지만
나의 시절과 그의 시절이 허락하지 못해
그렇게 한 발자국씩 뒤돌아보며 멀어집니다.
그리고 어떤 이들은 시간의 끝을 맞이합니다.

그런데 이별을 다시 곱씹어보면
못내 아쉬움이 남습니다.

어떤 이에게도 마지막 기억 속에서
환하게 웃는 모습을 남겨둔 적이 없었기 때문입니다.

항상 이별의 순간에 나는 울고 있었고
또는 화를 내거나 다른 곳을 보고 있었습니다.

그러나 사람은 기억을 마시며 살아간다고 했나요.
나를 떠나가는 어떤 이가
가는 걸음 내내 발자국 하나마다
웃으며 손을 흔들어주는 모습을 기억하도록

다음 이별에서만큼은 눈물을 꾹 눌러 참고
환하게 웃으면서 손을 흔들어주어야겠습니다.

시간의 온도

어떤 사람과 오래도록 지내다 보면
어느 순간 나와 지내는 그 사람의 시간 속에서
온도의 미묘한 변화를 느낄 때가 있습니다.

뜨겁게 달궈진 여름의 아스팔트도
해가 지고 밤이 오면 식어버리듯이
사랑과 애정도 시간이 흘러감에 따라
서서히 식어가기 때문입니다.

그리고 온도의 변화가 지속함에 따라
그 사람의 시간 속에서
점차 이별의 차가운 그림자가 느껴지기 시작합니다.
이별의 온도가 시작된 것입니다.

이별의 온도는 유난히 낮습니다.
괜스레 눈물이 흘러나오고
온종일 한숨이 새어 나옵니다.

그런데요.
여름이 가고 가을을 지나 겨울이 오는 것처럼
이별의 온도가 다가오는 것은 필연적인 일입니다.

그 사람의 시간의 온도가 식어감에 따라
오늘도 눈물을 흘리고 계실 당신께
오늘 밤은 비록 겨울이지만
아직은 돌아보면 따뜻하다고 말씀드리고 싶네요.

고개 너머를 내다보면
어쩌면 벚꽃 향기가 다가오고 있을지도 모릅니다.

사진 속의 그 사람

정말로 사랑하던 사람이
어느 날 사진 속에서 내게 웃음 짓고 있었습니다.

거기 있어서는 안 되는 사람이었는데
어느새 거기에서 조용히 웃고 있습니다.

아무것도 듣지 못한 채로 하루를 보냈습니다.
다음날은 아무것도 보이지 않았습니다.
그리고 아무것도 느껴지지 않았습니다.

눈물은 사람이 슬플 때 흐르는 것으로 생각하시나요?
그것은 정답이 아닙니다.
눈물은 사람이 살고자 할 때 흐르는 것이었습니다.

눈물의 무게마저도
내 슬픔의 무게를 비웃는 것처럼 느껴질 때
우리는 눈물조차 나오지 않습니다.

유난히 겁이 많아 자주 놀라던 그 사람이
이제 그 먼 길을 혼자 걸어갈 수나 있을까.
혹여 걸어가다 지쳐서
아무 길가에나 털썩 주저앉지는 않을까.

하루가 그 사람으로 시작해서 그 사람으로 끝났습니다.
아니 정확히는 언제가 끝이었는지는 모르지만
하루가 온통 그 사람이었습니다.

마음 한편에 간이역 의자라도 가져다 두고
그 사람이 힘들 때마다 앉을 수 있기를 바랐습니다.

그 사람은 그저 가볍게 왔다 가볍게 떠나면 되었지만
남겨진 사람은 하루를 온통 기억과 되새김에 사용합니다.

오늘 밤 유난히
사진 속 그 사람이 생각납니다.

어렵습니다

세상을 살아간다는 것은
참 어려운 일인 것 같습니다.

사랑하는 것도, 살아가는 것도
모두 다 쉬운 일이 아닙니다.

그런데 그중 제일 어려운 것은 역시 작별입니다.
잘 가라는 말
순간순간 너무도 쉽게 뱉어지는 그 말이
작별을 실감하는 순간 너무도 어려운 말로 변합니다.

나만 떠나보내면 되는 사람에게
아직도 작별인사를 하지 못해서
어떤 밤마다 눈물을 가득 흘리곤 합니다.

안녕 잘 가라는 말.
어렵습니다.
그렇게도 어렵습니다.

당신의 이별은 어디에 있나요

삶을 살아가다 보면 종종 이별을 경험합니다.
그런데 유난히 아픈 이별이 있습니다.

우리는 어떤 이별을 통해
삶의 문턱이 높다는 것을 실감합니다.
그저 한 발자국 건넜을 뿐인데
그 사람과의 시간은 기억과 추억으로 바래기 시작합니다.

조금 전까지 함께 공유하던 모든 것이
한순간 흐릿한 기억의 잔상이 되어버립니다.

그리고 그런 이별들은 머리에 남질 않습니다.
머리에 남아 있다면 애써 지워보기라도 할 텐데
그런 이별들은 가슴 깊이 박힌 채로 지워지지도 않습니다.

그 이후로 이별을 경험할 때는
눈을 세게 감아버립니다.
머리와 가슴에 깊숙이 들어가지 않도록
애써 눈을 감고 귀도 틀어막습니다.

이별의 아픔이 가슴을 짓누르는 통증을
더는 나의 것으로 만들기 싫었기 때문입니다.

당신의 가슴 속을 짓누르는 이별의 통증이 있다면
당신에게 물어보세요.
당신의 이별은 어디에 있나요.

이별의 무게

인연을 시작할 때는
이별의 무게를 생각하기 쉽지 않습니다.

그러나 어떤 인연이건
이별은 반드시 다가옵니다.

그리고 그 이별은 우리 마음 어딘가에는
분명히 생채기를 내며 이뤄집니다.

몸의 상처는 언젠가 아물지만
마음이 입은 상처는 쉽게 아물지 않습니다.
그 상처는 마음 깊은 곳에 웅크리고 있다가
자신이 가장 행복한 순간 불안과 걱정으로 다가옵니다.
이별의 무게가 발목을 잡는 순간입니다.

이별에는 무게가 있습니다.
그러나 이별의 무게를 없앨 방법은 없습니다.
이별의 무게는 사랑의 무게에 따라 늘어나기 때문입니다.
사랑이 무거웠다면 반대급부로 이별도 무겁습니다.

우리는 그저 이별의 무게를 이겨내면 됩니다.
사랑이 무거웠던 만큼 이별이 무겁다는 것을 알고
이별을 가볍게 대하지 않으면 됩니다.

몸의 상처와 달리
이별의 생채기는 쉽게 아물지 않는다는 것을 기억하고
이별의 무게를 묵묵히 감내해야 합니다.
그것이 사랑의 대가입니다.
그리고 함께한 시간의 무게입니다.

그리움이라는 말

모든 물체는 관성을 가지고 있습니다.
처음의 운동상태를 그대로 유지하려는 성질
그것이 바로 관성입니다.

사랑도, 인연에도 관성이 있습니다.
처음의 관계를 그대로 유지하려는 성질
그것이 바로 그리움입니다.

그리움이라는 감정은 교묘합니다.
사람은 삶이 행복할 때 그리움을 느끼지 않습니다.

그러나 모든 인생이 그렇듯
한 굴곡이 찾아올 때
우리는 그리움을 강하게 느끼게 됩니다.

하지만 그리움은 관성입니다.
그리움이 해소된다고 해서 행복이 찾아오지는 않습니다.
그저 현실의 문제에서 도피해서
과거의 편집된 기억으로 되돌아가기를 바라는 것입니다.

그리움이라는 말은 아련하고 강렬합니다.
하지만 그것은 정답을 주지 않습니다.
사실을 보여주지도 않습니다.

우리가 그리움이라는 말을 할 때
우리의 삶은 더욱 공허해집니다.

그리움이라는 말은
우리가 확신할 수 없는 미래에 대한 걱정과 기대에서 벗어나
이미 경험했던 과거의 어느 한 꼭지로 돌아가
잠시 휴식하고자 할 때 다가오는 유혹입니다.

이별을 인정해야 합니다

이별은 겪는 것보다 인정하는 것이 더 어렵습니다.
누군가를 떠나보낸다는 것은
그저 잘 가라며 손짓해주는 것 이상의 일입니다.

그러나 우리는 삶 속에서
이별의 순간에 이별을 바로 인정하지 않으려 합니다.

그 사람과의 추억에 차마 매듭을 끊어내지는 못하고
이미 떠나버린 그 사람의 빈 자리에
매일 밤을 눈물로 지내기만 합니다.

그런데요.
이별은 누군가의 입 밖으로 튀어나온 순간
그저 이별일 뿐입니다.

이별을 뱉어낸 그 사람은
이미 오랜 시간에 걸쳐 천천히
나와의 추억을 모두 정리한 뒤였습니다.

내게는 갑작스럽게 불어닥친 이별이라는 한파가
그 사람에게는 그저 순리대로 다가온 겨울에 불과했습니다.

그렇기에 우리는 이별을 인정해야만 합니다.
우리가 이별을 받아들이지 못할수록 우리의 밤은 길어지고
우리의 낮은 밝지 않습니다.

그러나 떠난 이의 발자국을 바라보며 눈물짓거나
빈 자리에 드리운 그림자에 주저앉지는 않았으면 좋겠습니다.

그저 묵묵히 과거를 빛내고
앞에 놓인 길을 따라 묵묵히 걸어갔으면 좋겠습니다.
이별은 인정하지 않는다고 해서 오지 않는 것은 아니기 때문입니다.

누구의 잘못도 아닙니다

이별을 막 경험하고 나면
자신이 그렇게 원망스럽습니다.

처음에는 상대를 원망하다가도
어느 순간 자신이 얼마나 부족한 사람이었는지를 깨닫고는
한 없이 자기혐오에 빠져들게 됩니다.

그러나 자기혐오는 이별의 해답이 아닙니다.
어떤 인연에 끝이 찾아왔다고 해서
자기를 미워해서는 안됩니다.

이별은 그저 묶인 매듭을 풀어두는 것입니다.
서로의 얽힌 시간을 다시 풀어내는 것이며
서로를 현재라는 공간에서 빼내어 추억의 창고로 옮겨 가는 것입니다.

그렇기에 이별은 내 행동에 대한 징벌이 아닙니다.
내 잘못으로 인한 처벌도,
상대의 잘못으로 인한 피해도 아닙니다.

그저 이제껏 같은 방향으로 걸어왔던 이들이
발목에 묶인 끈을 벗어두고
저마다 다른 방향으로 걸어가는 것입니다.

이별은요.
누구의 잘못도 아닙니다.
당신을 미워하지 않았으면 좋겠습니다.

이별의 감수성

어릴 때에는 이별을 유난히 크게 느꼈습니다.
아주 사소하고 작은 이별조차도
너무나 크고 아픈 이별이었습니다.

어린이집의 졸업식 날
부모님께 장미꽃을 선물 받은 적이 있었습니다.
특별한 날 선물 받은 꽃은 너무도 사랑스러웠습니다.
마음만큼이나 소중하게 물도 매일 갈아주며 아꼈습니다.

그런데 뿌리를 잘라내 버린 장미꽃이 살아가는 데는 한계가 있었습니다.
그 아름다운 꽃잎이 누런색으로 변해갔고
이파리는 서서히 말라갔습니다.

그 꽃의 시듦은 큰 충격이었습니다.
너무도 슬펐고, 꽃을 다시 살려내기 위해 많은 노력을 기울였습니다.
그러나 애석하게도 꽃은 다시 기운을 차리지 못했습니다.

눈물을 흘리며 결국 시들어버린 그 꽃잎을 하나 따서
그 날의 일기장에 붙여두었던 기억이 납니다.
꽃의 시듦도 이별이었기에,
이별의 슬픔을 삭여내기 위해 기억에 남기고 싶었습니다.

나이가 들어가며 크고 작은 이별은 빠르게 찾아왔습니다.
그리고 이제는 꽃의 시듦으로는 이별의 아픔을 더 이상 느끼지 못합니다.
이별의 감수성이 무뎌진 탓일까요.

오늘은 무척이나
순수한 이별, 순수한 눈물이 그립습니다.

그래서 이별이에요

언젠가 지인 한 사람이 아픈 이별을 경험한 적이 있었습니다.
그는 관계의 회복을 간절히 원했고
많은 노력을 기울였지만
상대방은 매몰차게 떠나가 버렸습니다.

이후 풀이 죽은 그를 달래주며
많은 이야기를 듣고 또 해주었습니다.

그 때에 그의 말 중 가장 기억에 남는 말은 바로
"나는 그 사람 말고 다른 사람은 사랑하지 못할 것 같아."였습니다.

그렇습니다.
그렇기 때문에 이별은 아픈 것입니다.
이별에는 대체가 없습니다.
이별의 무게는 사랑의 무게에 대비합니다.

언젠가 그는 다른 사람을 만나 사랑할 테고
또 다른 이별을 경험할지도 모릅니다.
그러나 그 사랑과 이별은 그때의 그 사람과의 것과는 다릅니다.

사랑을 모두 사랑이라고 부르지만
모두 같은 존재는 아닌 것입니다.
저마다 다른 색과 향을 가진
완전히 다른 것들입니다.

그렇기에 이별도 매번 아픕니다.
이별도 매번 다르지만 아픕니다.
그래서 이별입니다.

결말을 모르기에 희극입니다

우리는 우리의 만남이 잘 풀리지 않을 때
마치 영화와 같이 우리의 결말을 미리 알고 싶어합니다.

내가 기울인 노력이 보상받게 되는지
아니면 끝까지 아픔과 슬픔만이 남아있게 되는지
그 결말을 먼저 엿보기를 원합니다.

그런데요.
사실 모든 사랑의 결말은 이별입니다.
결국, 사랑의 결실을 맺는다고 해도
저마다 주어진 이 땅에서의 시간에 따라
각자 다른 시간에 고향으로 돌아가게 됩니다.

그래서 우리는 결말을 알아서는 안 됩니다.
결말을 아는 만남은 희극이 될 수 없습니다.
순간순간의 즐거움도 이별의 두려움을 이기지 못합니다.

비록 이별이 다가오지만
결말을 모르는 채 살아갈 수 있기에
우리의 만남, 우리의 삶은 모두 희극인 것입니다.
순간의 즐거움으로 만남을 칠해나갈 수 있는 것입니다.

만남의 순간에 그저 집중하세요.
순간의 즐거움에 집중하고, 그 사람과의 시간을 사랑하세요.
결말을 모르기에 희극입니다.

마음에 언덕이 늘어갑니다

이 땅에서의 시간이 길어질수록
많은 인연의 매듭이 얽혀집니다.
그리고 매듭이 늘어갈수록
견뎌내야 하는 이별도 커져만 갑니다.

누군가를 떠나보낸 후
어느 날 마음속의 산책로 옆 한 편에
야트막한 언덕이 하나 생긴 것을 발견했습니다.
가만히 다가가 보니
떠나간 이와의 시간이 잠들어 있었습니다.

어느 날 마음을 거닐다 보면
문득 떠오르는 떠나간 이들과의 시간은
그곳에서 흘러나오고 있었습니다.

이 땅에서의 시간이 길어질수록
마음에 언덕도 늘어만 갑니다.

흘러가는 시간보다
묻어두는 시간이 많기에
우리는 흘러가는 존재일까요.

나의 시간보다
누군가와의 시간이 더 많기에
나의 삶에는 내가 없나 봅니다.

오늘에 지친 그대에게

초판 1쇄 2022년 5월 25일

지은이 | 오태화

펴낸곳 | 문학여행
발행인 | 고민정
주 소 | 서울특별시 서대문구 연희로37길 77-13 402호
홈페이지 | www.bookjour.com
이메일 | contact@bookjour.com
전 화 | 1600-2591
팩 스 | 0507-517-0001
원고투고 | edit@bookjour.com
출판등록 | 제2021-000020호

ISBN 979-11-88022-49-6 (03810)

문학여행은 출판그룹 한국전자도서출판의 출판브랜드입니다.